照降町四季（三）

梅花下駄《ばいかげた》

佐伯泰英

文藝春秋

目次

↑至 根津
新吉原
浅草
不忍池
←至市ケ谷
湯島天神
神田佐久間町
神田川
神田明神
駿河台
昌平橋
両国広小路
両国橋
鎌倉河岸
小伝馬町
芝居町
江戸城
本丸
西ノ丸
魚河岸
大川
新大橋
日本橋
深川佐賀町
南茅場町
箱崎町
深川
霊岸島
永代橋
八丁堀
南町奉行所
富岡八幡宮
深川黒江町
深川入船町

照降町四季　江戸地図

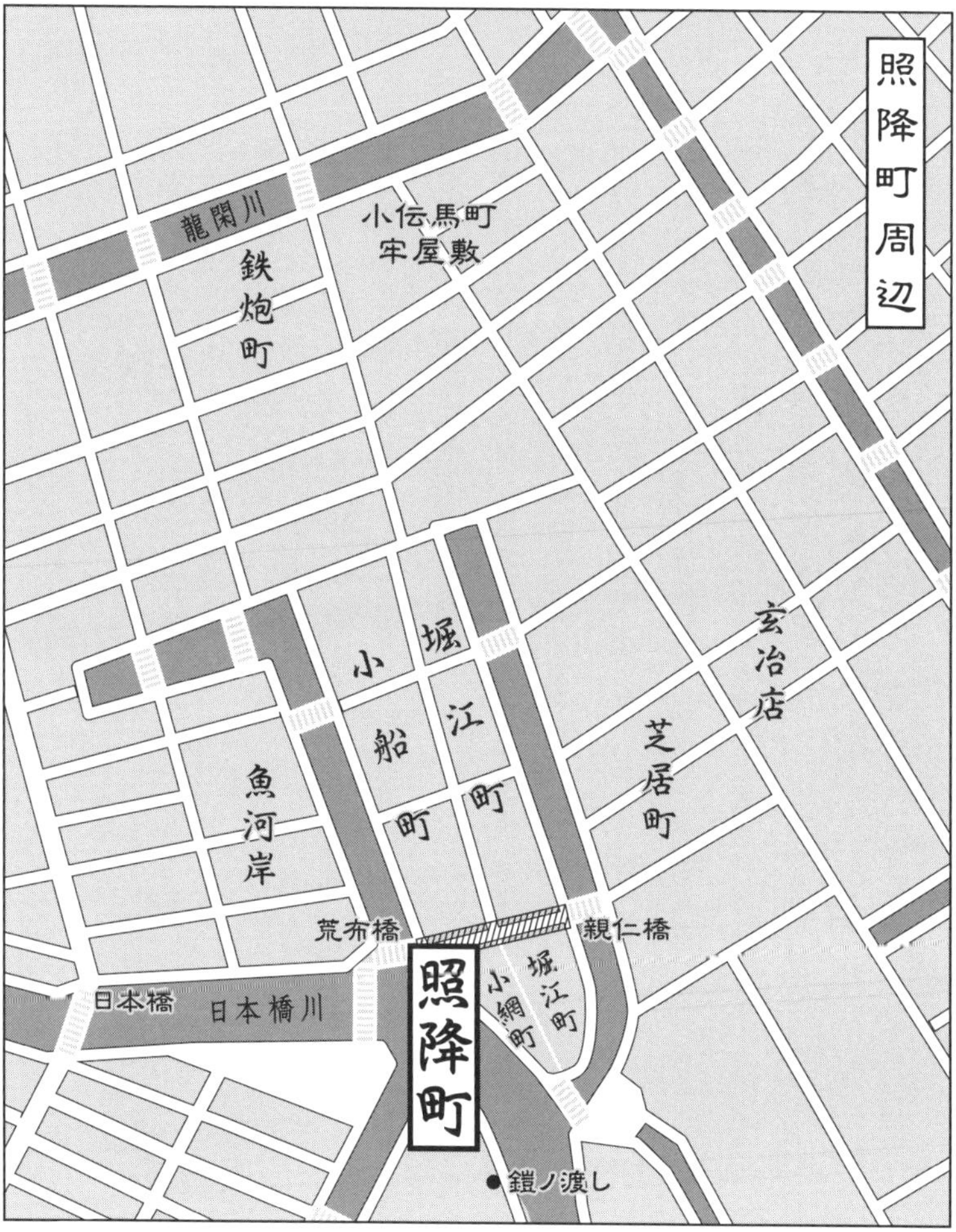
照降町周辺
龍閑川
小伝馬町
牢屋敷
鉄炮町
堀江町
小船町
玄冶店
芝居町
魚河岸
荒布橋
親仁橋
日本橋
日本橋川
照降町
小網町
堀江町
鎧ノ渡し

#「照降町四季《てりふりちょうのしき》」　おもな登場人物

佳乃《よしの》　照降町で鼻緒や下駄を扱う「鼻緒屋」の娘。二代目の父・弥兵衛《やへえ》亡き後、三代目女主として懸命に鼻緒職人の腕を磨いている。

八重《やえ》　佳乃の母。

八頭司周五郎《やとうじしゅうごろう》　もと豊前小倉藩士の浪人。二年ほど前から「鼻緒屋」で鼻緒挿げの修業をしている。

八頭司裕太郎《やとうじゆうたろう》　周五郎の兄。豊前小倉藩士として小笠原家に仕えている。

幸次郎《こうじろう》　箱崎町の船宿・中洲屋の船頭。佳乃の幼馴染。

宮田屋源左衛門《みやたやげんざえもん》　照降町の下り傘・履物問屋「宮田屋」の主。暖簾わけした「鼻緒屋」の後ろ盾。

松蔵《まつぞう》　「宮田屋」の大番頭。佳乃の腕を見込んでいる。

若狭屋喜兵衛《わかさやきへえ》　照降町の下り雪駄問屋「若狭屋」の主。「宮田屋」と並ぶ老舗の大店。

大塚南峰《おおつかなんぽう》　長崎で蘭方医学を学んだ医者。周五郎に剣術の稽古をつけてもらっている。

準造《じゅんぞう》　「玄治店の親分」と慕われる十手持ち。南町奉行所の定町廻同心に仕える。

四郎兵衛《しろべえ》　吉原会所の頭取。吉原の奉行ともいうべき存在。

梅花《ばいか》　吉原の大籬《おおまがき》「雁木楼《がんぎろう》」の花魁。当代一の権勢を誇る。

梅花下駄

照降町四季（三）

カバー写真　山元茂樹
装丁　大久保明子
地図製作　木村弥世

本書は書き下ろし作品です。

第一章　復旧の日々

一

己丑《きちゆう》あるいは文政の大火と称される火事で文政十二年（一八二九）春に焼失した江戸の町に暑い夏が巡ってきた。

照降町《てりふり》は一変した。

道の両側にびっしりと店が軒をつらね、大勢の客で賑っていた通りには、燃え残りの家財道具や商品や屋根瓦が乱雑に積まれていた。大火から十数日が経ち、日本橋川や堀に浮いていた骸《むくろ》はなんとか片付けられ、身許が分らないものは川向こうの回向院《えこういん》の無縁墓地に埋葬されていた。

江戸市中では焼失した武家屋敷や町家の後片付けが始まっていた。だが、これだけの大火で職人や人夫の数が足りず、分限者《ぶげんしや》の商人、豪商から再建に手をつけたところだった。

照降町の大店《おおだな》では、下り傘・下り履物問屋の宮田屋源左衛門《みやたやげんざえもん》方と下り雪駄《せった》問屋の若狭屋喜兵衛《わかさやきへえ》方の二軒だ。

この老舗の大店が照降町の復興の鍵を握っていた。こんな雑然としたシマの南、照降町のなかで宮田屋と若狭屋の跡地二か所だけ人が集まっており、焼け跡に縄が張られて整地が始まっていた。シマとは二つの入堀と日本橋川に挟まれた短冊形の土地の異名である。

鼻緒屋の見習職人の八頭司周五郎《やとうじしゅうごろう》は、宮田屋の跡地に立ち、鳶《とび》職たちが手際よく整地した空地を見ていた。背後では、火事の直後に「店開き」した大塚南峰《おおつかなんぽう》の診療所に並ぶ怪我人やら病人たちが、黙然と鳶の仕事を見ていた。

周五郎は宮田屋の敷地は、四百五、六十坪かと頭のなかで推量していた。

「鼻緒屋の浪人さんよ、おそらくおめえさんが思案しているより敷地は狭い。三百八十坪余かな。とはいえ、シマのなかでこの広さがあるところは宮田屋と若狭屋の二軒だけだな」

鳶職の頭領染五郎《そめごろう》が周五郎の考えを正すかのように言った。

「ほう、それがしがなにを考えているか、染五郎お頭《かしら》は分るか」

「おお、なんとのう、両の眼が間口と奥行きを測っていると思えたでな。建物があると大きく感じられるが、意外と敷地の実際の坪数は少ないものなんだ」

「それがし、四百五、六十坪と考えておった」

「住居と店が建っておったときの心覚えでな、浪人さんは広く敷地を見てとったかね」

と笑った。

「ほぼ地均しは終わったかな」

「ああ、明日までに土台石を敷いて大工の棟梁に渡すことになろう」

中庭の辺りに植えられていた庭木は燃え尽き、引き抜かれていた。だが、南の端っこに黒松が二本燃え残って立っていた。

「あの松な、幹元付近に泉水があったおかげで、燃え残ったな。だがよ、あれだけの炎を被ったんだ、生き残るかどうか分らないな」

と染五郎が首を傾げ、

「おお、そうだ、お侍《さむらい》さんは、鼻緒屋のよしっぺとふたりで照降町の老梅を助けたんだよな」

「佳乃《よしの》どのとそれがしだけではない。この照降町の住人みなが頑張って水をかけ続けたゆえ、あのように生き残ったのだ。荒布橋《あらめばし》の白梅はなんとしても元気でいてほしい」

と言った周五郎に、

「明日には鼻緒屋の跡地も均してよ、大工が入るようにせよとの大番頭さんの命だ。あっちは三十坪あるかなしかだ、一日二日で後片付けと地均しが終わるぜ」

「なに、宮田屋さんと時を同じくあちらも新居を建ててくれるか。それがしの女主《あるじ》どのが喜ぼうな」

「よしっぺは川向こうの因速寺《いんそくじ》ではや仕事を始めているらしいな。松蔵《まつぞう》さんがな、照降町に一日も早く戻って仕事をしてもらいたいとよ」

「佳乃どのは火事ばかりか親父様の弥兵衛《やへえ》どのが川向こうで亡くなるという悲運に見舞われた。照降町にさように早く戻れるならば、なにより励みになろう」

と周五郎は心から思ったことを告げた。

「弥兵衛さんのことは聞いたぜ、もう一度照降町に戻りたかったろうな」

と嘆息した染五郎が、

「この大火事のあとだ。履物の注文はいくらもあろうよ。いやはやよしっぺは三年ばかり照降町を留守にしていたと思ったら、えれえ腕前になって戻ってきたってな。二丁町の連中も、吉原の花魁《おいらん》もよしっぺの手掛けた履物を心待ちにしていると聞いたぜ」

染五郎は佳乃がどのような曰《いわ》くでこの照降町から姿を消したか承知だった。だが、もはや三郎《さぶろう》次《じ》という悪たれに騙《だま》されたことは一切口にしなかった。

大火事のあと、佳乃は父親の看病の最中にも暇を見つけては照降町で働く鳶職や後片付けをする住人のために藁草履を造って何百足も送りとどけてきた。それもあって、いまや佳乃の空白の三年は、

「修業」

と照降町の住人は思うようになっていた。

「それがし、若狭屋さんを見てこよう」

染五郎に言い残した周五郎は通りを親仁《おやじ》橋のほうへと向かった。すると、道の両側から、

「八頭司さんよ、こっちは差し障りないぜ。もっとも均してもさ、家を建てる銭は工面がたってないがね」

とか、

「照降町の普請奉行さんよ、佳乃さんは元気かね」

などと声がかかった。

大火事に際して命を張った鼻緒屋の主従の働きが認められ、宮田屋と若狭屋の双方から後片付けの相談に乗ってくれとの頼みが周五郎にあり、そのことを住人たちが認めていた。

「ほう、それがし、わが家では部屋住みの身分であったが、照降町で普請奉行に出世か、悪い気分ではないな」

「もっとも給金なしの役職だぜ」

「給金なしはシマじゅうの住人もいっしょだ。致し方あるまい」

と答えた周五郎は若狭屋の整地現場に立った。

こちらも作業が順調に進んでいた。

「八頭司さん、お見廻りですかな、ご苦労さんです」

若狭屋の二番番頭の円蔵が周五郎に言った。

「なんぞそれがしがなすことがあろうか」

「ただ今のところございませんな。うちでも明後日には地鎮祭ができそうです」

「それはよかった」

と応じた周五郎は、

「なんぞ差し障りがあれば、それがし、宮田屋さんの跡地におりますでな、いつなりとも声をかけて下され」

「畏《かしこ》まって候、と応じたくなりますね」

と円蔵が笑った。

周五郎は親仁橋まで歩いていくと、火事で燃えた橋は住人らが燃え残った板や柱で仮橋をかけていた。その下に猪牙舟《ちょきぶね》が止まり、

「深川の因速寺に送ろうか」

と船頭の幸次郎《こうじろう》が言った。

「おお、幸次郎どのか、客の当てはござらぬか」

「ねえな。火事が収まると自分たちの住まいをなんとかするのに必死で猪牙に乗る御仁はいねえな。よしっぺはあちらの寺で仕事だろ」

「いかにもさよう。それがしは照降町の普請奉行を仰せつかったゆえ、こちらでぶらぶらしておる。暇ゆえ下駄の鼻緒の挿《す》げ替えでもできるとよいがな、この焼け跡には道具もなければ、仕事の場もないでな」

「おお、宮田屋の仮小屋は大塚南峰先生の診療所になったしな、いるところがないよな、周五郎さんもよ」

「いや、外蔵の一棟を整理したでな、寝る場所も、その気になれば仕事の場もあるか。ただし、道具もなければいまのところ注文もない。ゆえに幸次郎どのと同じく無聊《ぶりょう》を託《かこ》っておる」

「ぶりょうをかこつってのは暇ってことだな」

「いかにもさよう」

「よし、川向こうに行く客を乗せたら因速寺に立ち寄って、おまえさんの道具をとってこよう。なにかあちらに知らせることはねえか、ふしん奉行さんよ」

「そうじゃな。鳶の頭の染五郎さんがな、鼻緒屋の跡の地均しに明日か明後日から入るそうだ。おそらく佳乃どのも承知しておろうが、宮田屋さんが時をおかず鼻緒屋の家も建て直してくれそうじゃな」

「よしっぺは宮田屋の売れっ子鼻緒師だからな。一日も早く仕事場を照降町に戻したいのだろうな」

と幸次郎が推量し、

「まあ、宮田屋の本普請に比べれば、よしっぺには悪いが安普請だからな。大工の棟梁が本気になれば一月もあれば元の鼻緒屋が出来上がるんじゃないか」

と言い添えた。と、そのとき、

「船頭さん、川向こうまで送ってくれませんかね」

と声がかかった。

「おお、中村座の座頭《ざがしら》さん、合点承知の助だ」

「えらく張り切っていなさるね」

「久しぶりのお客さんですよ」

と答える幸次郎から視線を周五郎に移した座頭中村志乃輔《なかむらしのすけ》が、

「おまえ様は鼻緒屋の職人さん、いやさ、お侍さんだね」

と質《ただ》した。

「いかにもそれがし、鼻緒屋の半人前の弟子にござる」

「女親方は佳乃さんと言われましたかな」

頷く周五郎に代わって幸次郎が、

「座頭、鼻緒屋に頼み事か、今は深川黒江《くろえ》町の因速寺に間借りしてな、よしっぺは仕事をしているぜ」

「おまえさん方が照降町の老梅をあの猛火から守り通したってね」

「おお、よしっぺの姿を見てよ、照降町の住人が力を合わせて守ったのさ」

「そう、聞きました。船頭さんは佳乃さんと昵懇《じっこん》かな」

「じっこんってのは仲がいいかってことだよな、おれとよしっぺは幼馴染さ。ついでにあの火事でさ、住まいを失った口よ」

「そうでしたか、ならば都合がいい。まずな、永代寺裏《えいたいじ》の蛤《はまぐり》町に行ってもらいましょう」

中村志乃輔が猪牙舟に乗り慣れた動きで胴ノ間に座した。そして、眼差しを周五郎に向け、

「八頭司周五郎様、またお会いしましょうかな」

と言い残すと視線を日本橋川に戻した。

周五郎は幸次郎の猪牙舟を見送りながら、中村座の座頭が自分の姓名を承知しているとは、どういうことかと思案した。

宮田屋に戻ってみると、大塚南峰の仮診療所の前に並んでいた患者の数が減っていた。それでも杖を突いた職人風の男と年寄りのふたりが待っていた。

大火事の直後、宮田屋では跡地に焼け残った二つの外蔵を見張る小屋を直ぐに建てた。そこに奉公人らが詰める予定であったが、外蔵を見張るのには別棟の小屋より当の蔵に詰めたほうがより安全ということもあり、周五郎がその役目を大番頭の松蔵に命じられた。大火事の際の働きを見た松蔵が佳乃と周五郎の主従を信頼した結果だった。となると、

「見張り小屋の使い道は」

と考えた周五郎は大塚南峰の仮診療所開設を提案して採用されたのだ。この考えは当たった。火事場の跡地で作業をすると釘を踏んで怪我を負ったり、火事で心身ともに疲労した年寄りたちが風邪を引いたり腹痛を訴えたりする。照降町だけではなく、魚河岸の兄さん連中や二丁町の芝居者たちも仮診療所に詰め掛けていた。

宮田屋の敷地を整地する鳶職たちは、初夏の陽射しの下で休んでいた。

「周五郎」

と不意に呼びかけられて仮診療所の入口を振り向くと、実兄の八頭司裕太郎《ゆうたろう》が立っていた。

「兄上」

裕太郎が火事で焼失した照降町に姿を見せるなど努々《ゆめゆめ》考えてもいなかったせいで、驚きが声に出た。

「なんぞ御用でございますかな」

落ち着きを取り戻した周五郎は裕太郎に問うた。

「どこぞに落ち着いて話せるところはないか」

「兄上、あの大火事から一月も経っておりませんぞ。この界隈に燃え残ったところなどございません」

と応じながら、

（そういえば幸次郎どのの船宿中洲屋《なかす》が燃え残った）

ことを思い出したが、兄の用事に推量がつかないのでそのことは言わぬことにした。

「ならば少し歩こうか」

裕太郎は荒布橋のほうへと足を向けた。

「周五郎、なぜ御屋敷に火事見舞いに来ぬ」

と兄が弟を詰問した。

「小笠原《おがさわら》家江戸藩邸は焼失を免れたのではございませぬか」

「とは申せ、わが八頭司家が代々奉公してきた御屋敷じゃぞ。見舞いにくるのが藩を離れたおまえであっても礼儀であろう」

「兄上、それがし、もはや八頭司家の人間ではございません。さらには兄上がただ今歩いておられる照降町が焼失し、この界隈《かいわい》に世話になった者としてこちらで少しでも力になるのが人の道かと存じました」

周五郎の返答を聞いた裕太郎は直ぐには言葉を返さず荒布橋の前で足を止めた。

奇跡のように、橋の袂《たもと》には老梅が立ち、注連縄《しめなわ》が巻かれていた。

「そなたらが守ったという神木の梅か」

周五郎は実兄を見た。歳の差が十三歳もあった。兄が町屋の火事場にきて、梅の木に関心を寄せるような人柄とは考えもしなかった。

「はい」

「そなた、鼻緒屋にて働いているそうじゃな」

「町屋にて暮らす以上、住まいと奉公先は要りますでな」

周五郎の返事に裕太郎は無言を返した。

「兄上、本日の御用を伺いましょうか」

「そのほう、重臣派とも改革派とも袂を分かったそうな」

「兄上、幾たびも申しますがそれがしは部屋住みの身にございました。ましてや藩を離れた者が旧藩の内紛がらみの両派と関わりを持つなどありえようはずもございませぬ」

周五郎の返答にじいっと弟を凝視していた兄が、

「そなた、小笠原忠固《ただかた》様ご一人《いちにん》に忠誠を尽くすと中老どのに申したそうな」

こんどは周五郎が沈黙したまま橋を渡り、地引河岸に出た。魚河岸も大勢の人間たちが火事の後片付けを終えて、すでに店造りを始めているところもあった。

「兄上、遠い昔の出来事にございます」

「そのほう、中老家に婿入りしなかったことを悔やんでおらぬか」

足を止めた周五郎が兄を正視すると、

「爪の先ほどの悔いもございませぬ。兄上、世間は広うございます。そのことを知ったきっかけになったことをそれがし有り難く思うております」

「そうか、もはや小笠原家にもわが八頭司家にも未練はないと申すか」

「そうは申しません。ただ今の豊前《ぶぜん》小倉《こくら》藩に重臣派、改革派と二つに分かれて対立し、騒ぎを起こす余裕などないはず、忠固様がお気の毒でなりませぬ」

「ならばそのほう江戸藩邸に戻り、なすべきことがあるのではないか」

「雲は風のまにまに移りて、水もまた海に向かいて流れ下り、元に戻ることは決してございませぬ」

と応じた周五郎は、

「兄上は、藩の内紛に関わっておられますか」

と質した。

「ふうっ」

と息を吐いたのが兄の答えであった。

「父上は、決して一派に与《くみ》してはならぬ、八頭司家のそなたが忠義を尽くすべきは小笠原忠固様おひとりと常々申しておられる」

周五郎は兄のこの言葉に父とは別の道を歩もうとする者の行く末を見た。

「兄上、こたびの大火事をご覧になられましたな」

「おお、屋敷内から朋輩と炎が飛ぶのを見ておった」

朋輩とは重臣派であろうと思われた。

「その折、なんぞ考えられましたか」

「まずは御屋敷に火が入らぬかと懸念しておった。むろん城中が燃えるなどあってはならぬともな。ともかく町屋が主に焼失して、武家屋敷はさほど燃えなかったことに安堵したわ」

と裕太郎がぬけぬけと言い放った。兄の頭にあるのは小笠原家であり、重臣派に与しての活動であった。

「周五郎、そのほう、考え直す気はなきや」

兄は執拗にあれこれと言葉を並べながら周五郎を口説いた。だが、もはや周五郎は実兄の説得に耳を傾けることはなかった。

「兄上、それがしが騙されて下屋敷に呼び出され、どちらとは申せませんが不意打ちを食らって斬られた一事を承知ですかな」

「いや、知らぬ」

裕太郎が驚きの顔で顔を横に振った。

「兄上、繰り返します。もはやそれがしがどちらの派であれ、加担することは金輪際ございませぬ。これにてそれがし失礼します」

と実兄に向かい一礼した周五郎が踵《きびす》を返した。

「待て、周五郎」

との言葉に振りむくと、

「本日、そのほうと会うと父上に申し上げたら、話し合いがどうであれ、この書状を周五郎に渡せと命じられた」

周五郎はしばし躊躇《ちゅうちょ》したのち、書状を受け取った。


宮田屋の跡地に戻るとひと息ついたか、大塚南峰が見習医師と茶を喫していた。

「兄者との話し合い済んだか」

周五郎が無言で首肯《しゅこう》すると、見習医師の三浦彦太郎《みうらひこたろう》は茶を供してから仮診療所を出ていった。内々の話になると気を利かせたのだろう。

「なんぞ変わりはありそうか」

「ございませぬ」

「そうか、ないか」

「南峰先生、明日から剣術の稽古を再開しませぬか」

「半月以上も汗を流しておらぬな。ここではできん。表でなすか」

「そうですね。雨の折は外蔵の内を使わせてもらいましょう。あとは竹刀ですな、昼過ぎに川向こうに参り、どこぞの道場にて竹刀を譲り受けて参ります」

「うむ」

と南峰が応じた。

「先生の診療所は千客万来ですが、診療代はちゃんと支払ってもらっておるのでしょうな」

「そなたがわしの懐具合まで案じるか。まあ、ふたりにひとりと言いたいが三人にひとりかのう、費《つい》えがもらえるのは」

と大塚南峰が言って茶を喫した。

二

昼下がりの刻限、佳乃は深川黒江町の因速寺の納屋でせっせと仕事をしていた。

火事の最中、宮田屋から預かった下り物の履物と鼻緒があった。茶箱ふたつに詰められた品はすでに挿げ終えていた。だが、照降町では下り物の履物を売る店はすべて焼失し、品は未だ佳乃の手元にあった。

弥兵衛の通夜と弔《とむら》いが終わった折、大番頭の松蔵に挿げをする品があれば仕事がしたいと願った。

「いや、こちらから頼む話でしたな。シマ界隈はすべて焼けてしまいましたで、直ぐには売れません。ですが、仮店でも造った折は必ずお客が来られますでな、今のうちに品を造りためておくことが大事です」

との松蔵の返事に、父親の弥兵衛の死の哀しみを忘れるために佳乃は次から次へと挿げ仕事に没頭していた。

五十足以上もあった草履や下駄の鼻緒をほぼ挿げ終えたとき、松蔵がふらりと寺の納屋を訪れた。

「どうです、先日願った仕事は捗《はかど》ってますかな」

「大番頭さん、ほぼ終えました」

「なに、もうあれだけの仕事を終えたといわれるか」

と驚きの顔で応じる松蔵に挿げ終えた履物にかけた布をとって見せた。女物と男物の履物がほぼ同じ数出来上がっていた。

「おお、見事見事」

と女物の桐下駄を手にした松蔵が挿げられた鼻緒を子細に見ていった。

「あちらに運ぶと直ぐにはけましょうな。ですが、なにしろどこもが燃えてこの履物を並べる場所がない。地べたに並べる品ではございませんでな」

と思案する顔をした。

「大番頭さん、荒布橋の袂に宮田屋さんの船を舫《もや》って棚を作り、こちらの履物を並べたらどうでしょう」

佳乃の言葉をしばし思案していた松蔵の顔が弾けた。

「佳乃さん、それはいい考えですぞ。魚河岸の旦那衆やら二丁町の役者衆に女衆が直ぐに集まりますよ」

と賛意を示した。

そこへ聞きなれた声が響いた。

「宮田屋の大番頭さんによしっぺよ、船の話か。ならばおれに願いねえ」

船頭の幸次郎だった。

「幸ちゃん、船に乗る話じゃないの。船を店に変えようという話よ」

佳乃は納屋の表に立つ幸次郎の連れを気にしながら、手短に説明した。

「なに、船を店にしようって考えか、そうだな、宮田屋も若狭屋も直ぐに店は建たないもんな。よしっぺたちが仕事をした履物を船で売るのはいい思い付きだぞ」

と幸次郎がいい、松蔵が幸次郎の後ろの連れに会釈した。

「幸ちゃん、お連れさんがいらっしゃるんじゃないの」

「おお、忘れていたわけじゃねえが、船って言葉を聞いておれの縄張りだと思い、つい出しゃばっちまった。座頭、すまねえ」

と幸次郎が連れに詫びた。

いえいえ、と笑った連れに松蔵が、

「座頭もこの界隈に避難しておられますかな」

と質した。

「いえね、ちょいと頼み事でね。幸次郎さんが鼻緒屋の佳乃さんとは知り合いというもので、こちらに用事のついでにお邪魔したってわけですよ」

佳乃は幸次郎を見て、どなたなの、と目顔で質した。

「よしっぺはしらないか。二丁町中村座の座頭中村志乃輔さんだ」

「中村座の座頭、履物がご入用ですかな」

と松蔵が口を挟んだ。

「いえね、用件は思い付きでしてね、ですが、この鼻緒が挿げられた履物を見て、私の思い付きがあたると確信しました」

と言った志乃輔が一足の雪駄を手にとり、うーんと感心して、

「宮田屋さんの品ですな、私に売って下さらぬか。いい鼻緒の挿げだ」

と松蔵に願った。

「座頭、ありがとうございます。ただ今佳乃さんと話していたんですが、荒布橋にうちの船を止めて一斉に売り出す心算《つもり》でおりました。座頭がこの雪駄をお好みならとっておきますで、一日二日待ってくれませんか」

「一向にかまいませんよ」

と座頭と大番頭の間で話がなった。

中村志乃輔が佳乃を見た。

「仕事もいいが顔付きもいい」

「あのう、座頭、なんの御用でございましょうか」

佳乃が問うた。

「それだ」

「幸ちゃん、座頭を上がり框《かまち》に案内して」

と佳乃が願い、

「座頭、おりゃ、猪牙で待っていよう」

と幸次郎が出ていこうとした。

「私はどうしましょうかな」

と松蔵が座頭に尋ねた。

「幸次郎さん、大番頭さんも関わりがなくはない。私の思い付きを聞いてくれませんかね。ただしこの話、来春まで内緒にしてくだされ」

と願った。

「いよいよ分りませんな」

松蔵が上がり框に座頭と向き合うように座り直しながら呟いた。

「おっ母さん、お茶を四つ用意して」

と佳乃が奥に控えていた八重《やえ》に願った。

「座頭さんさ、芝居小屋の舞台に女は上がれないよな」

と幸次郎が想像を逞《たくま》しくして質した。

「上がれませんな、女衆の役は女形が務めますでな。だが、幸次郎さん、いい線ですよ」

「つまりさ、よしっぺを役者にしようって話じゃねえ」

「それは困ります。佳乃さんはうちの売れっ子の鼻緒挿げですからな」

と松蔵が慌てた。

「案じなさるな、大番頭さん。さような真似は致しません」

「となると、座頭がよしっぺに頼みごととはさっぱり分らねえ」

と幸次郎が首を捻った。

八重が茶碗を盆に載せて運んできた。

「佳乃さんのおっ母さんですな、私は中村志乃輔です」

と挨拶し、八重が、は、はい、と返事をすると奥へと下がった。

佳乃が茶を配り、中村志乃輔がゆっくりとした動作で茶を喫した。

「あの大火事の夜、佳乃さんは照降町の神木の梅を命を張って守りとおしたそうですね」

「座頭、わたしひとりがやったのではございません。照降町の住人の方々が自分の家が燃えるのも構わず照降町の梅を守って水をかけ続けたのです」

「佳乃さんの他に女衆はおりましたかな」

佳乃は黙って考えるふりをした。

「座頭、そりゃ、よしっぺだけだよ。それに最前会った、よしっぺのところで働くお侍もひとりいたな」

「八頭司周五郎様ですな」

中村座の座頭が頷いた。

宮田屋の大番頭の松蔵は最前から沈黙して考え込んでいた。

「二丁町の市村座も中村座の小屋もすっかりと焼けてしまいました。おそらく芝居小屋が新築され、衣装や道具類を揃えるには来春、早くても今年いっぱいはかかりましょう。それまではどちら様ともいっしょで、うちも我慢の日々でございますよ」

　と座頭が話柄《わへい》を変えた。

「来春、幕開《まくあ》け狂言はなにより大事です。座頭の私としては新作を世に問いとうございます。そこで」

　とその時松蔵が膝をひとつぽんと叩いた。

「分りましたかな、大番頭さん」

「座頭、演題は決まってますかな」

「そうですな、差し当たって『照降町神木奇譚《しんぼくきたん》』と考えております」

「分らねえ」

　と幸次郎が言った。

　佳乃は無言を続けた。

「分りませんか、幸次郎さんや。おまえさんの幼馴染の活躍を来春の新作狂言の舞台にかけようという話ですよ。これを見た人々が『よし、おれたちも江戸復興に頑張ろう』と思うような話ですよ」

　座頭の返答にしばし沈思していた幸次郎が、

「魂消《たまげ》たな」

　と言って佳乃を見た。

「よしっぺ、おめえが芝居になるってよ。あんまり驚いた風はねえな」

「いえ、驚いて言葉もありません。けど」

「けど、なんだ」

「そう容易《たやす》いことではないような気がするわ。まず宮田屋の旦那様のお考えを聞かねばなりません。それに照降町の住人の方々の」

「思惑《おもわく》もございましょうな」

と座頭が佳乃の慎重な返答に頷《うなず》きながら言葉を続けた。そして、

「宮田屋の大番頭さんの感想はどうですな」

「江戸が、いえ、照降町が元気になる話です。その点から申せば悪い話ではございますまい」

「大番頭さんよ、悪い話どころじゃねえぜ。照降町にとってこれ以上のいい話があるかえ。これから立ち上がろうとする小店の主や奉公人にとって、えれえ援軍、助けになると思うがね。そう思わねえか、よしっぺ」

「幸ちゃん、わたしはお芝居がどのように創られるか知りません。ですが、たくさんのお金がかかり、たくさんの役者衆が舞台に立たれるのでしょう。座頭さん、お客さんが入らないことには、大変な損でございましょう」

「佳乃さん、芝居は水ものです。当たると思った演目に客が来ず、これは二番煎じと思った芝居にお客様が詰めかけます。一概にこれは大丈夫とはいいきれません。ですが、私は、『照降町神木奇譚』は当たると確信しています」

と志乃輔が言い切った。

座頭の中村志乃輔は、自分が出戻り女ということを承知なのだろうかと佳乃は思っていた。そんな傷を持つ女の話を芝居の客が喜ぶはずもあるまいと考えた。

一方、志乃輔は、佳乃が三年ほどやくざ者に騙されて危うく神奈川宿あたりの曖昧《あいまい》宿に売られそうになったことも、師走に照降町に戻ってきたことも承知していた。この前提があるからこそ、佳乃の火事の最中の活躍話は江戸っ子が飛びつくと確信していた。

「座頭、私どもにしばらく考える日にちをくれませんか」

「むろんです、松蔵さん」

と応じた中村志乃輔が、

「芝居者の私が繰り返せば繰り返すほど、話が陳腐《ちんぷ》になりますゆえこれ以上の言葉は重ねません。佳乃さんは照降町の女神、救い主になる女衆です」

と言い切った。

「は、はい。それはこの三月でよう承知です」

ふたりの問答を佳乃は黙って聞いていた。

「座頭、佳乃さんと話し合ったうえ、私の主宮田屋源左衛門に相談してようございますな」

「むろんです」

と応じた志乃輔が佳乃を見た。

しばし間を置いた佳乃が、

「わたしも相談したき御仁がおります」

といい、その言葉に頷いた座頭が、

「とくと考えてくだされ」

と言い添えた。

ふうっ、と幸次郎が大きな息を吐き、

「よしっぺ、座頭はええ話を持ち込んだな。おりゃ、全く知らなかったんだ」

と言い訳した。

「ふっふっふ」

と笑った中村志乃輔が、

「幸次郎さんや、こちらに残りますかな」

「座頭、おりゃ、仕事でえいちだよ。あちらまで送りますよ」

と志乃輔といっしょに幸次郎は船着場に姿を消した。

その場に松蔵と佳乃が残った。

「大番頭さん、どうすればいいのでしょう」

「佳乃さん、えらいことですよ。宮芝居じゃございません。官許の櫓《やぐら》の上がった新築の中村座で来春新作公演があなたの話ですと。こりゃ、座頭じゃないがえらい評判になりますな。ともかく私は、旦那様と相談しますでな」

と松蔵の声音も興奮していた。

「わたし、困ったわ。どんな顔して照降町を歩けばいいの」

「佳乃さん、八頭司さんと相談しなされ。すべては旦那様と八頭司さんの相談の結果をもって決めましょうかな」

と松蔵が帰る様子を見せた。

「待って下さい、もう一つ話がございました。大番頭さん、例の梅花花魁《ばいか》に注文を受けた三枚歯下駄のことですが、これまで花魁の下駄を造っていたような職人さんより、初めてでも技量があって考えが柔らかい人がいいと改めて考えました」

「うむ、なんぞ工夫が浮かびましたかな」

松蔵の眼差しが仕事場の隅にある梅花の三枚歯下駄に向けられた。

「そうですな、佳乃さんといっしょにあれこれと話しながら創意する職人ね。分りました、およそ見当はつきます。二、三日のうちにこちらに伊佐次《いさじ》を来させますよ」

と職人の名まで挙げて佳乃の要望を受け入れ、

「品物ですがな、うちの船に細工《さいく》が出来たら引き取って荒布橋に運び、商いを始めますでな。それまでに一足でも二足でも多く作れるように品をこちらに運ばせます」

と言い残して松蔵が因速寺の納屋から姿を消した。すると八重が仕事場に現れて茶碗を下げながら、

「おまえが芝居になるのかい」

と隣の部屋で耳を澄ませていたらしく質した。

「まだ分らないわ。ともかく考えてみる」

「お父つぁんが生きていたら喜んだだろうね」

「喜んだかしら、職人がちゃらちゃらしたことに関わるんじゃないって怒ったんじゃない」

「いや、お父つぁんはあれでさ、相撲も芝居も大好きだったからね」

と八重がどこか遠くを見る眼差しで漏らした。

松蔵が帰って四半刻もしたとき、宮田屋の手代のひとり四之助《しのすけ》が佳乃の挿げた履物を受け取りにきた。そして、

「船に積んだら、新たな仕事をこちらに持ってきます」

「ならばわたしも手伝うわ」

「親方が亡くなって初七日が過ぎたばかりというのに佳乃さんは仕事づけですね、今や佳乃さんの『花緒』は売れ筋ですからね」

「四之助さん、火事のあと、履物を照降町で売るのは初めてよ。お店が燃えたから橋の袂で船を舫ってお店がわりにするけど、必死で焼け跡の片付けをやっている人が買ってくれるかしら」

と佳乃はそのことを案じた。

「佳乃さん、案じなさいますな。江戸っ子は、着物は裏地、形《なり》は足元に凝《こ》ります。焼け跡だからこそ競って『花緒』を買ってくれますって」

と四之助が言い切った。

ふたりは佳乃の挿げた下り物の履物を丁寧に抱えて因速寺の船着場に下りた。すると船には風呂敷包みが二つあって船頭が番をしていた。

「四之助さん、この二つならばわたしが持ってあがれるわ」

と風呂敷包みを受け取った。

「じゃあ頼みましょう」

と願った四之助が、

「ちょいと尋ねてようございますか」

と年下の佳乃に丁寧な言葉遣いで頼んだ。それはもう佳乃を一人前の、いや、宮田屋の売れっ子職人と認めている口調だった。

「どうしたの、四之助さん」

「いえね、最前、別邸に戻ってきた大番頭さんがえらく上気していなさる顔付きでね、なんぞこちらでございましたか」

「船頭の幸次郎さんが御用の帰りだと立ち寄ってくれたけど、他にはなにもないと思うけどな」

と中村座の座頭の用件は伏せて返答をした。

「とするとこちらから別邸に戻る道中になにかあったかな」

と首を捻った四之助が、

「佳乃さん、明日にも船を荒布橋の袂に舫って船店を開くそうです。よろしくお願いしますよ」

と言い残し、四之助の乗る船は船着場を離れていった。

しばらく見送っていた佳乃は寺の納屋に帰る前に父親の弥兵衛の墓に足を向けた。

墓は毎朝八重と佳乃が浄めて線香と仏花を絶やさないようにしていた。

その前にしゃがんで瞑目《めいもく》して合掌した佳乃は、

（お父つぁん、妙な話が舞い込んだわ）

と墓に向かって心の内で説明した。

（どうしたものかしらね）

と問う佳乃の胸に弥兵衛の返答が響いた。

（確かに妙ちきりんな話だが、中村座の志乃輔座頭は腕のいい芝居者だ、ただの思い付きではあるめえよ）

（承知しろというの）

（死んだもんが答える話じゃねえ。相談する人が傍《かたわ》らにいるじゃねえか。ふたりで話してみねえ）

と無言の助言をなし、弥兵衛の気配が消えた。

三

その夕暮れ前、幸次郎が八頭司周五郎を伴い、因速寺の住まい兼仕事場の納屋に戻ってきた。

「あら、幸ちゃん、一日に二度もきたの」

と仕事をしていた佳乃が驚きの声を上げた。そして、幸次郎の後ろに周五郎が従っているのに気付いた。

「おお、おりゃ、あれこれと考えてよ、八頭司周五郎さんとよ、よしっぺが少しでも早く話し合ったほうがいいと思ってさ、お節介にお出ましになったのよ」

「話したの、周五郎さんに」

佳乃が質した。

「おれが話せるわけがないだろ。こいつはよしっぺに持ち込まれた話よ。おりゃ、ここから周五郎さんの道具を照降町に持って行くことになっていたんだ。そいつをすっかりと忘れていたからよ、それにかこつけて、周五郎さんを連れてきたんだよ」

と幸次郎が答え、

「なに、なんぞ格別な話があるかな」

と周五郎が佳乃の顔を見た。

頷いた佳乃が台所に向かって、

「おっ母さん、周五郎さんと幸ちゃんが戻ってきたの。これから夕餉《ゆうげ》の仕度をするのならばふたり分増やせない」

と声を張った。

「宮田屋さんからあれこれと食べ物を頂戴したしね、お父つぁんの弔いのときの酒も残っているよ」

「ならば今晩は四人ね」

と勝手に決めた佳乃がふたりに、仕事場の板の間に上がって、と招じた。

佳乃は最前宮田屋の四之助が運んできた履物と鼻緒を並べて、仕事をしていたのだ。

「仕事の途中ではないかな、師匠」

周五郎が迷惑ではなかったかと尋ねた。

「本日は何足か鼻緒を挿げただけよ。明日早くから仕事をするから、今日はもう店仕舞いね」

大きな体のふたりが板の間に上がり、佳乃がやりかけの仕事を傍らに片付けて行灯《あんどん》を灯した。

「師匠、明日から鳶頭の染五郎さんの配下三人が鼻緒屋の焼け跡を均すことになっておる。それがしも手伝う心算《つもり》じゃ」

と周五郎が照降町の近況を告げた。

「宮田屋さんや若狭屋さんと同じ時期にうちの家が建てられるなんて有り難い話よね。やっぱり鼻緒の仕事は照降町でやりたいもの」

佳乃は正直な気持ちを告げた。

「船に店を設《しつら》えて荒布橋の袂で商いをされるそうな、その話かな」

と周五郎が佳乃に話を促した。

「そうじゃないの。周五郎さんを連れてきたのは幸ちゃんよ、あなたから話して」

「おれが前座か、いいだろう」

と引き受けた幸次郎が中村座の座頭中村志乃輔が佳乃に持ち掛けた話を手際よく告げた。

幸次郎の話を聞き終えた周五郎は、黙って腕組みして思案した。

「やはり浮ついた話だと思う、周五郎さん」

不安顔で佳乃が尋ね、周五郎はしばし間を置いて答えた。

「それがし、江戸で芝居を見たのは一度きり、それも舞台から遠い席で見ただけだ、朋輩に誘われてな。いや、なんとも官許の芝居小屋は華やかなものであった。そんなそれがしの考えを佳乃どのは聞きたいのかな」

「聞きたいの。八頭司周五郎さんが止めろといえば、わたし、座頭さんにお断りするわ」

「それは大変な相談を持ち掛けられたものだ」

と腕組みを解いた周五郎は、

「それがし、佳乃さんのためにも照降町のためにも江戸の復興のためにも、この話は快く受けるべきだと思う」

周五郎の考えを聞いた幸次郎が、

「ほれみねえ、よしっぺ、こいつは考えこむ話じゃねえよ。照降町の女ならば、八頭司さんの言葉どおり気持ちよく受けてよ、座頭さんに返事をしねえな。シマの住人もよ、魚河岸の連中も大喜びするぜ」

「そうかな」

「そうともよ。でえいち中村座の座頭が当たると睨んだ狂言でよ、狂言作者というのか、そいつらが話を書いてよ、役者衆が演じるんだ。よしっぺ、おめえが舞台に上がるわけでなし、でーんと構えていりゃいいんだよ」

「ということだ、師匠」

と周五郎が言い添えた。

「分ったわ。あとは宮田屋の旦那様のお考え次第ね」

「よしっぺ、宮田屋の旦那もダメだという話じゃねえよ。来春が楽しみになったな、これで照降町も持ち直すぜ」

と幸次郎が言い切った。

「分った。でも、旦那様のお考えを聞いてから決めさせて」

と佳乃が念押ししたとき、

「佳乃、ふたりをこっちに呼ばないかね。あり合わせのものだけど、お父つぁんも喜ぶよ」

と八重の声も弾《はず》んでいた。


一刻後、幸次郎の漕《こ》ぐ猪牙舟が大川に出た。舟には周五郎が同乗し、仕事道具と普段履きの下駄や紙緒が載せられていた。周五郎が照降町で暇な折に宮田屋の土蔵で仕事をするための道具と品だ。

ふたりは、夕餉を馳走になりながら三合ばかりの酒を飲んだ。幸次郎もさほど酒は好きではないらしく、ほろ酔い程度の酒だった。

「周五郎さんよ、おまえさんの兄さんが照降町に来たってな」

「おや、すでにご存じか」

「いつも言うだろう。耳年増と男にいうのはおかしいか、船頭のところには話が集まってくるんだよ。で、いい話か」

「それがしにとって迷惑至極の話であった。佳乃師匠のようないい話ではないな」

「そうか、藩に戻れなんて話か」

「兄上はそれがしを兄上の与する一派に引き入れようとしておられるようだ。それがしはもはや藩に戻る気はさらさらないのだがな」

「一件落着といきてえが、おれの勘じゃもうひと騒ぎありそうだな」

「うーむ、幸次郎どのの勘はよう当たるのだったな、弱ったものじゃな」

　と周五郎は他人事のように応じた。

「照降町ばかりじゃねえよ、魚河岸もシマもよしっぺと周五郎さんの活躍でな、火事の災難から立ち直るぜ。復興の目処《めど》はよしっぺの『照降町神木奇譚』の初演だな。二丁町が賑わえば、魚河岸も栄えると。二つの千両町を結ぶ照降町も大騒ぎになろうぜ」

「幸次郎どのの考えはさっぱりしてよいな」

「あれこれ思案したって仕方あるめえ。それより人と、物と、銭とが動いたほうがこちとら船頭も稼ぎになるってもんだ」

「いかにもいかにも」

「それにしても八頭司周五郎さんは妙な侍だよな」

「妙かのう、それがし、至極真っ当な人間と思うておるがのう」

「どこの大名家の重臣の倅《せがれ》がよ、町人の履く下駄の鼻緒の挿げ替えなんてやるかよ、それだけでも十分妙だぜ」

うーむ、と唸《うな》った周五郎が、

「明日から暇を見つけては宮田屋さんの蔵でな、鼻緒の挿げ替えをやるつもりだ。幸次郎どのも鼻緒の挿げ替えがあるならば、それがしのところへ持ってこよ。ただ今のところ鼻緒代は頂戴せぬでな」

「へえへえ、そう聞いておこうか」

ほろ酔いの漕ぐ猪牙舟は大川の流れをゆったりと横切っていった。


そのとき、佳乃は因速寺の納屋の一間で寝《しん》に就こうとしていた。

「佳乃、ほんとうの話かね」

「なんのこと」

佳乃はすでに床に入っていた八重に問い返した。

「なんの話って、中村座の芝居の話だよ。よくよく考えたらさ、あんな話がおまえのところに来るなんておかしかないいか」

「どうして」

今さらなにを言い出したのかと佳乃が問い返した。

「おまえはさ、出戻りだよ。島流しになった三郎次なんて男に騙されて三年も照降町からいなかったんじゃないか。そのことを中村座の座頭は知らないからさ、あんな話をおまえんとこに持ちこんできなすったんじゃないか」

「かもしれないわね」

と半分眠りに入りながら佳乃は答えた。

「としたら、あの話、なしだよ」

「そのときはそのときよ。おっ母さん、わたし、寝るわよ」

とわずかばかりの酒で酔った佳乃は眠りに落ちた。


次の朝、朝餉のあと、佳乃が仕事を始めていると宮田屋源左衛門と大番頭の松蔵のふたりが姿を見せた。

「おや、もう次の仕事ですか」

源左衛門が佳乃に問うた。

「船商いをするとしたら一足でも多く品があったほうがよいかと思いまして」

「そりゃ、そうですな」

「旦那様、お父つぁんの弔いではお世話になりました。真《まこと》に有り難うございました」

「さようなことはもはや済んだことです。佳乃さんや、大変な話が舞い込みましたな」

と源左衛門が言った。そこへ庭に洗濯ものを干していた八重が戻ってきて、

「旦那様」

と驚きの声を上げ、

「また佳乃が迷惑をかけます」

「お八重さん、なんの話ですな」

「なんの話って芝居話ですよ」

と応じた八重が昨夜寝る前の問答を蒸し返して源左衛門と松蔵に伝えた。

「ああ、そんなことですか」

と源左衛門が一笑に付し、

「中村座の座頭さんは慎重なお方です。すべて佳乃さんのことを分ったうえでこちらに昨日の話を持ち込まれたんですよ」

「だって旦那様、佳乃は出戻りですよ」

「すでに承知です」

「えっ、承知であんな話を」

と八重が首を捻った。

「おっ母さん、旦那様の話をお聞きするのが先じゃない」

佳乃が母親に注意した。そりゃ、そうだけど、と言いながら八重は奥に消えた。といっても寺男が住んでいた納屋を兼ねた住まいだ、どこにいても話し声は聞こえた。

「佳乃さん、照降町にとって大変うれしい話です。私はぜひお受けなされというためにこちらに来ました」

源左衛門は静かな口調で佳乃に結論を告げた。

佳乃はなんとなくそのことを察していた。

「私はな、中村座の座頭と知らぬ間柄ではございません。佳乃さん、あんたさんが否といえば、志乃輔さんは必ず私のところに参られます。佳乃さんの気持ちは正直どうですな」

源左衛門の問いに佳乃は昨夕、船頭の幸次郎が八頭司周五郎をつれてきて話をしたことを告げた。

「ふたりともこの話に乗り気ですか」

「はい。そして、ただ今旦那様のお言葉を聞きました。もはやわたしが抗う理由はございません」

「よし、決まりました」

と源左衛門がいい、

「ならば私が座頭に会って佳乃さんの返答を伝えてようございますな」

「お願い申します。これはわたしだけの話ではございません。照降町の住人の明日がかかる話です」

と佳乃は頭を下げた。

それまで黙ってふたりの問答を聞いていた松蔵が、

「佳乃さんや、もう一つ、話がございます。これからうちの船を荒布橋に運び、大工の棟梁に今日じゅうに品物を置く棚を造らせます。船商いの売り出しは明日からです。本日はせっせと鼻緒を挿げてくだされ。照降町の話題は、あなたの挿げた履物ですからな」

と言った。そして、

「中村座の一件は旦那様に任されたほうがいい、旦那様は芝居通です。さらには座頭とも親しい間柄です。あなたのためにならんことは、おふたりして決してなさりませんでな」

と松蔵が言い添え、

「では、これで」

とふたりは仮の仕事場を出ていった。

そのあと、八重が茶を持ってきたが、

「おや、旦那様も大番頭さんも早《はや》お帰りかね」

「シマの様子を見に行かれるんですって」

「佳乃、どうなったんだい、芝居話。話が短いところをみると立ち消えかね」

あまりに早く事が済んだことを八重はそうみたか、がっかりとした顔で言った。

「違うわ。旦那様にお任せしたの。中村座の座頭とも親しいんですって」

「ということは芝居はやるんだね。照降町にいい話が舞い込んだよ」

「おっ母さん、かような話はあれこれとあってそう容易くいかないわ。話はおっ母さんの胸に止めておいてね」

「あいよ」

と八重はいい、お父つぁんが喜ぶよ、とまるで弥兵衛が生きているかのように、うんうんと頷いた。

「佳乃、おまえの役は女形のだれがやるのかね」

と八重は芝居話を続けたい様子を見せたが、

「もう宮田屋の旦那様にお任せしたの。わたし、仕事をするわよ」

とやりかけた仕事の続きを再開した。すると八重が残念そうにだれも飲まなかった茶をもって奥に消えた。

佳乃はしばし瞑目して気分を落ち着けた。そして、挿げかけていた下駄を手にとった。佳乃の手は、無心に仕事をするコツを覚えていた。

佳乃が弟子になったころ、弥兵衛が、

「邪念を持った挿げはどこかゆるみがある。気を集中してやるんだぞ」

と繰り返していたことを思い出し、そんな仕事を心掛けるようにした。ひたすら仕事に打ち込んだ。そして、仕事があることがどんなに大事か、気持ちに余裕を持たせてくれるかと思った。

周五郎は照降町の鼻緒屋の整地された土地に燃え釘などが残っていないか丹念に調べて回った。整地はされたが親店の宮田屋の普請が優先されるので、今のところ使い道はない。そこで、鼻緒屋の空地で大塚南峰と棒きれを手に素振りをしたり、軽く打ちあったりした。

「やはり竹刀でそなたの頭を叩くほうが気分はすっきりするな」

と言いながらも南峰はせっせと体を動かした。

周五郎はもはや南峰が酒びたりの暮らしには戻るまいと確信していた。

「やはりお子たちには会いとうございますか」

「嫁には未練がないが息子たちには会いたいな」

と正直な気持ちを吐露した。

「いつの日か会えますよ。そう信じて南峰先生の天職に精を出してくだされ」

素振りの合間にそんな話をした。

「八頭司周五郎さんは肥前長崎を承知であったな」

と不意に南峰が話題を変えた。

「一年ほど藩から長崎聞役《ききやく》なる役目を命じられて長崎に滞在致しました」

「小倉藩の中でもだれもが就ける役職ではあるまい。そなた、いつも部屋住みというが、それだけそなたは藩内で嘱望された人物であったのだな」

「さあてどうでしょう」

「長崎はどうだった」

「わずか一年の逗留でしたが、まるで異国にでもいるような気分で日々飽きることはございませんでした。異国の帆船に乗って見たこともない清《しん》国や天竺《てんじく》に行ってみたいと思いましたよ。南峰先生はどうでした、長崎滞在は」

「そなたといっしょの気持ちでな、オランダの国に行って医学を極めたいと思ったな。わしが滞在した三年足らずでは蘭学の基すら学んだかどうか」

と南峰が嘆いた。

「いつの日か、ふたりして長崎を再訪しましょうか」

「悪くない考えじゃな。われら独り身、気軽じゃからな」

と答えた南峰が、

「そなたと佳乃さんの関わりはよいのか」

「師匠でござる」

「そう割り切れる間柄か」

「むろん佳乃どのはなかなかの女子です。ですが、それがしには」

「不釣り合いか」

「勿体のうござる」

と周五郎が言い切った。

しばし間を置いた南峰が、

「つまりわれらは独り身ということだ。いつの日か長崎に戻るのも悪くないな」

と本気とも冗談ともつかぬ雑談を交えて素振りを終えると宮田屋の井戸端に行って水を被《かぶ》り、ふたりはさっぱりとした。

四

外蔵の一つの頑丈な扉を開けっぱなしにして蔵の入口近くに仕事場を設え、周五郎が男物の下駄の紙緒挿げをしていると、鳶頭の染五郎が前に立った。

「頭、鼻緒屋の跡地の下検分にござるか、参ろう」

と周五郎が鼻緒を挿げかけた下駄を下ろすと、

「お侍さんよ、そちらではないよ。荒布橋の商い船が出来上がるぜ。大工の棟梁が一方の船べりに棚を設えたらよ、大した商い船になったぜ。品も並べてねえのにもう客がきてさ、いつから開く、と尋ねていたな。ありゃ、魚河岸の旦那だな。場所は魚河岸と二丁町を結ぶ照降町の西側だ。御神木の梅の木の下でさ、なかなかの風情だぜ。見てきなよ」

「なに、もう船商いができそうか」

「大番頭の松蔵さんは明日から始めると言ってなさるがね」

「さようか、ならば、それがしも見て参ろう」

と土蔵の扉を閉じて、一応刀を後ろ帯に差して荒布橋に向かった。

「これはようございますな。うちも宮田屋さんの真似をして船での出店を並べさせてもらいますかな」

と若狭屋の大番頭の声が聞こえてきた。

宮田屋の持ち船に苫屋根《とま》を葺《ふ》き、舳先《へさき》を荒布橋に向けて止められた商い船は堂々としていた。

「おお、八頭司さん、仕事をしていなさるそうだね」

松蔵が周五郎に気付いて声をかけた。

「まだ五足しかできておりません。師匠の挿げた履物を並べても、それがしの下駄を並べて頂いてもまだ余裕がありますな。それがし、夜明かししても棚は埋まりそうにない」

と周五郎がいうと、銘茶問屋駿河軒《するがけん》の番頭壱三郎《いちさぶろう》が、

「松蔵さんや、うちの茶を履物の端っこに置かせてもらえませんかな」

と遠慮げに願った。

「おお、苦しいときは相身互《あいみたが》いです。茶箱の二つ三つは置けましょうでな。駿河軒の手代さんをひとりつけてくださいな。私ども、履物は分りますがな、茶は売ったことがございませんでな」

と松蔵があっさりと引き受けた。

「大番頭どの、師匠は川向こうでせっせと仕事をしておられよう。明日、新たに挿げた品を受け取りに参ろうか」

「いえ、そこですよ。明日はな、私が舟で深川からこちらに参る折に因速寺に立ちより、本日挿げた履物とな、佳乃さんを伴ってこようと思います。船商いの初日です、男ばかりより花を添えたほうがようございましょう」

「おお、師匠はお客人の足に合わせて鼻緒を手直ししたいと常々言っておりますからな、それはよき考えかと存ずる」

と周五郎は賛意を示した。

「ならば決まった」

と松蔵がいい、

「今晩、それがしが船に泊まりましょうかな。なにかあってもいかんでな」

「泊まるなら番頭も手代もうちにおりますよ。そうでなくとも周五郎さんはあれこれと忙しゅうございますでな」

と言った松蔵が、こちらにという風に商い船の舳先に周五郎を呼んだ。

「いえね、昼前にうちの旦那様が佳乃さんと会いましてな、例の一件について考えを質しました。すると佳乃さんは照降町のためになることなら引き受けるとの潔い返事をしてくれましたでな、さっそく旦那様と中村座の座頭の志乃輔さんが会いましてな、新装なった中村座の幕開け興行の演目に決まりました。狂言作者の柳亭志《りゅうていし》らくって若手が佳乃さんの仕事を見たいとかで、明日佳乃さんがこちらに来れば、ふたりを会わせますぞ」

松蔵の言葉にしばし周五郎が沈黙した。

「なんぞ懸念がありますかな」

「それがしの考えゆえ、いささか見当違いかもしれませぬ。ただ今のところこの話、人の口の端に上らぬほうがようございましょう。狂言作者の志らくどのが勝手に照降町の船商いを見て、後々に佳乃さんから直《じか》に聞きたければそうなさるのがよいのではありませんかな。まだ日がございますでな」

うーむ、と漏らした松蔵がしばし沈思し、

「おお、いかにもさようでしたな」

と首肯した。

「そうと決まればそれがし、一足でも多く下駄や草履の鼻緒挿げをせねばなりません」

宮田屋の蔵に帰ろうとすると、松蔵も従ってきた。

鼻緒屋にはすでに大工衆の姿があった。火事の燃え跡の片付けと整地は周五郎らがほぼ終えていたので、直ぐにも土台工事が始まろうとしていた。

「大番頭どの、佳乃どのもおかみさんも宮田屋さんといっしょに家を建て直してもらえることに大いに感謝しております。佳乃どのも一日でも早く照降町で仕事をしたいでしょうし、それがしも有り難く思うております」

「八頭司さん、昨年の末、佳乃さんが照降町に戻ってきたのは、宮田屋にとっても実に運がよいことでしてな」

「ですな」

周五郎は曖昧に返事をした。今ひとつ松蔵の言葉の意が分らなかったからだ。

「履物屋は流行《はや》り廃《すた》りの激しい商いです。正直申しましてな、うちの職人連中は十年一日のごとく鼻緒を挿げて履物を売っておりました。そんなわけでここのところ、売れ行きもはかばかしくございませんでした。そこへ佳乃さんが新しい鼻緒の挿げ方をな、もたらしてくれました、三年の修業の成果です。今年、佳乃さんの履物が加わるようになって、うちの売り上げも一気に上がりました。死んだ弥兵衛さんには悪いが、先代ではこうはなりませんでしたな」

と言い切り、

「そんなわけでな、うちとしても佳乃さんと八頭司さんのふたりには足を向けて寝られません、この家を造るくらい造作もないことですよ」

と言い添えた。頷いた周五郎が、

「こちらの鼻緒屋は前の家と同じ造りですかな。いえ、弥兵衛どのが身罷《みまか》り、身内はふたりになりました。仕事場や部屋など佳乃さんに考えもあろうかと、それがし勝手に考えたのです」

「おお、仰《おつしや》るとおりですな」

と応じた松蔵がしばし考え、

「これはね、八頭司さんが佳乃さんに直に尋ねたほうが正直な返事が戻ってきそうだ。私どもだと遠慮しましょうでな」

「分りました。明日にも佳乃さんに聞いてみましょう」

と周五郎が応じた。

宮田屋の跡地に戻ると、大工の棟梁銀七《ぎんしち》が絵図面を見ながら土台石の位置を確かめていた。

「大工の棟梁には最前のこと、私から伝えておきますでな」

という松蔵と別れた周五郎が外蔵に戻ると、大塚南峰の仮診療所に何人も患者の行列が出来ていた。こちらも大流行りだが、新しい診療所の目途は立っていない。

(どうしたものかのう)

と余計なことを周五郎は考えた。

周五郎が挿げかけの一足を含め、二足を新たに造ったとき、

「おい、お侍さんよ、宮田屋の女衆が昼飯を運んできたぞ。おめえさんも食わないか」

と棟梁の銀七が声をかけてくれた。

「棟梁、有り難い。南峰先生のほうはどうだな、手が空いたかな」

「ああ、いま診察を受けている年寄りが昼前の最後の患者だな」

と応じた。そして、

「最前、大番頭さんから鼻緒屋の建て替えの話、聞いたぜ。主が年寄りから若い女に代わったんだ。当然、仕事場と住まいのありようが変わって不思議じゃねえな」

と言い添えた。

「棟梁、それがしは半人前の見習職人じゃでな、佳乃どのに聞いてみよう。きっと昔の家とは違う注文があるはずだ」

「江戸は火事が名物とはいえ、自分の家が焼失するなんてことはそう滅多にあるもんじゃねえ。この際だ、しっかりと考えねえ、建て前をするまで日にちがあらあ」

と言ってくれた。

「有り難い」

と周五郎が応じたとき、南峰が仮診療所から姿を見せて、

「棟梁にそなたの長屋の注文を願ったか」

「それは分限者がやることですぞ。それがしは鼻緒屋の新築の話にお節介をしただけです」

と経緯を説明した。すると、

「どうだ、周五郎さんや。鼻緒屋の家におまえさんの部屋を造ってもらっては。弥兵衛さんが身罷ったのだ、三人がひとつ屋根の下に寝ることに変わりはあるまい」

仮診療所の医者はなんとなく棟梁との会話を察していたらしくそんな提案をしてきた。

「南峰先生、先代が生きておられたときならば、さような真似もできたかもしれんが、女ふたりの家に住めるものですか」

と周五郎が南峰の提案を拒んだ。

「そうかのう。そなたが鼻緒屋の見習職人というのならば、同じ屋根の下に住み込んでもなんの差し障りもなかろう」

とそれでも南峰は言った。だが、周五郎は首を横に振った。

「まあ、鼻緒屋が出来上がるのは先のことだ。その折までだいぶ日にちがあるでな」

と南峰が提案を引っ込め、

「お侍さんよ、ああは言ったが、佳乃さんの考えを聞くのならばやはり早いほうがよいのではないか。明日といわず今日じゅうにこのことを告げたらどうだ。おれとしても施主の考えは一日でも早く知っていたほうが都合がいい」

と銀七が言い出し、南峰も賛意を示した。

「そうじゃな、照降町に緊急のことがなければ仕事を早めに終えて因速寺を訪ねてみよう」

周五郎は昼飯を食し終えると新しい鼻緒の挿げ作業に戻った。

一刻半ほど仕事に没頭し、作業を切り上げた。すると深川の別邸に戻る大番頭の松蔵が土蔵の仕事場にきて、

「八頭司さん、因速寺に送っていきましょうか」

と棟梁に聞いたか、そう言った。

「大番頭どの、有り難い。船店の留守番は大丈夫でござるな」

「番頭と手代をひとりずつ不寝番においておきます。ご安心くだされ」

「余計な口出しをしてしもうたか」

「そんなことはどうでもいいが明日が楽しみになりましたよ。いえね、船店を設えている折にたくさんの住人がきて、『おお、船で履物屋をやるか、有り難い』と申されるお方が結構な数おりましてな、明日は賑やかになりますぞ。佳乃さんの花緒畑にうちの職人が仕立てた履物を加えるとなかなかの品ぞろえになりましたでな」

と松蔵が言った。

ふたりは宮田屋の男衆が漕ぐ猪牙舟に乗り、

「明日の催しが照降町の復興のきっかけになればようござるな」

「なりますよ、必ず」

と松蔵が請け合った。

大川に出ると屋根船や猪牙舟より荷船や材木を結んだ筏《いかだ》の往来が多かった。

そんな夕暮れのなか、猪牙舟は荷船を避けながら大川を右岸から左岸へと横切った。

「棟梁から聞きましたぞ。鼻緒屋の家に八頭司さんの部屋を造るとの話な、この際、本気で考えてみませんか」

と松蔵も言い出した。周五郎が返事を言い淀んでいると、

「うちも長屋を家作としてシマに持っておりますがな、長屋が出来上がるのは店が出来たあとのことです。いささか月日を要しますでな、その間、蔵に寝泊まりするのは夏の暑さも冬の寒さも堪《こた》えましょう」

「蔵には大塚南峰先生も寝泊まりしておりますでな、それがしは気楽ですがな」

「それですよ。南峰先生の診療所もシマのなかになんとかせねばなりませんな。いえね、こんどの大火事で南峰先生がいるといないじゃ、大きな違いがあると分りました。やはり安心しておられますからな」

と松蔵が言った。

「まさか、診療所を建てられるわけではございますまい」

「若狭屋さんと話し合いましてな、シマのなかに大塚南峰先生の診療所があるとありがたいと考えが一致しましてな」

「ほう」

「火事で焼失する前、堀江《ほりえ》町河岸万橋《よろずばし》際の裏地に若狭屋さんの家作がございました。そこに新たに建てる長屋二棟の店の費えを若狭屋と宮田屋で出し合うという話が出ておりましてな、この建物の一角に新大塚南峰診療所を設ける案が出ておるんですが、どう思われますな、八頭司さん」

「ただ今の仮診療所は狭うございますし、なにかと不便です。もしその話が実現するならば南峰先生は大喜びしますぞ」

「ならば、八頭司さんから南峰先生に打診してくれませんか」

と松蔵が周五郎に願った。

「畏まりました」

因速寺の船着場で下りた周五郎は、

「夕餉の刻限だな」

と迷った。だが、ともかく棟梁の気持ちを伝えておこうと山門を潜り、八重と佳乃の仮住まいを訪ねると、なんと佳乃は未だ仕事をしていた。

「今日も来るんじゃないかと思っていたわ」

「佳乃どのはまだ仕事をしておったか」

「明日から、船店が開店でしょ、少しでも作っておこうと思ったの」

「船着場にて大番頭どのと別れたが、明日は大賑わいじゃと張り切っておられたぞ。佳乃どのにも顔見せしてほしいそうじゃ。明朝迎えにくると申されておった」

「えっ、わたしも顔出しするの。お客様の御足《おみあし》に合わせて鼻緒をお直しするのはいいけれど」

「どうなされた」

「読売が火事の一夜の照降町の話を書いたんですって。なんとなく見世物になりそうね」

「佳乃どのの名も出ておるか」

「周五郎さんも照降町の住人も出ているそうよ」

「それは知らなかった。あちらでは読売どころではないからな」

と言って、周五郎は佳乃に、松蔵と銀七棟梁の話を告げた。

「えっ、そんな注文もしていいの」

「もはや主は佳乃どのじゃ。せっかく新しく建て直すのじゃぞ、仕事がし易く住み易い間取りにするは当然ではないか」

しばし間を置いた佳乃が、

「周五郎さんが考えたのね」

「やはりお節介であったかのう」

と周五郎がいささか悄然とした。

「違うわよ。わたしなんて思いつかないもの。で、どうすればいいかしら」

「と、申されると、師匠」

「どう、間取りを変えるの」

「うーむ、弥兵衛親方の折、作業場がいささか狭くはなかったかな」

「そうね、わたしと周五郎さんがいっしょに仕事をするには狭かったわね。もう少し広くなるかしら」

「敷地以上に広くはなるまいが、工夫次第で使い易い作業場になろう。それに背後の棚もな、佳乃どのの鼻緒挿げの草履や下駄は値が高いゆえ、出来上がったものが土間から見えるような棚にしたらどうだ」

周五郎の言葉を聞いた佳乃が俄然乗り気になったようで、

「ひと晩考えるわ」

と言い出した。

「それでよかろう」

と周五郎が応じるところに八重が、

「夕餉だよ。まだお酒が残っているけど飲むかい」

とふたりに聞いた。

「おかみさん、それよりそれがし、寺の井戸端で手足を洗いたい」

と後ろの背に差した同田貫《どうだぬき》を抜いた。すると、

「旦那様」

と佳乃が両手を差し出した。

「ははあー、としか元部屋住みの口からは出てこぬな」

と言って刀を渡すと、着替えを持っていくわ、と佳乃が言った。

周五郎が宵闇の井戸端で手足と顔を洗っていると、

「着替えよ」

と佳乃が手拭いを始め、浴衣や六尺を持参してきた。

「師匠にさようなことまでさせて申し訳ない」

「今晩、泊まって明日大番頭さんといっしょにあちらに帰りなさいな。わたしもいっしょするか

さんいるわよ」

「これまでも独り暮らしをしていたのよ。周五郎さんが案じなくとも照降町には知り合いがたくさんいるわよ」

「南峰先生が案じはせぬか」

ら」

「おお、忘れておった。新しい診療所の話だ」

と前置きした周五郎が松蔵から聞いた話をした。

「若狭屋さんの長屋の跡地に大塚南峰先生の診療所が建つの、いい話だわ。こたび、大塚先生がシマにいてくれたことで、どれほど皆が安心したか」

「長崎に遊学していた蘭方医がいる町屋などそうはあるまい。シマで開業してくれるのはあの界隈の住人にとって有り難いことじゃぞ」

「それもこれも八頭司周五郎さんが照降町にいたからできたことね」

「それをいうなら、佳乃どのが修業から戻ってきたからじゃぞ」

「そう聞いておくわ」

と言った佳乃は着替えと手拭いを周五郎に渡すと、そっと周五郎の背に自分の身を寄せた。

第二章　船商い

一

照降町の荒布橋の袂に舫われた宮田屋の商い船は、四ツ（午前十時）の刻限に開店のはずだった。ところが、すでに五ツ半（午前九時）にはこの界隈に行列が出来てしまった。

佳乃と周五郎は、船の一角に仕事場を設けて、開店前までにせっせと仕事をした。

不意に大声が上がった。

「お侍よ、横から勝手に行列の先頭に入り込むんじゃないぜ」

行列の警戒にあたっていた玄冶店《げんやだな》の準造《じゅんぞう》親分の手下戌松《いぬまつ》が列の先頭に入り込んだふたりの浪人者に注意した声だ。

「なんだ、おまえは」

「おれかい、この界隈が縄張りの十手持ちの準造親分の手下だよ」

「十手持ちの手下だと。余計な節介をするでない」

とふたりのうち、長身の浪人者が応じる隙にもうひとりが十手を抜こうとした手下をいきなり後ろに回って突き飛ばした。

周五郎が静かに立ち上がった。

「どうやらそれがしに狙いをつけてきた連中のようだな」

佳乃に小声で言った。佳乃は、

「無理はしないでね」

と周五郎が傍らに置いた刀を右手に摑んだのを見ながら送り出した。

「そのほうら、履物を購《あがな》いに参ったか、見てのとおり大勢の方が集まっておられる。列の最後に並んでくれぬか」

「なんじゃ、そのほう」

「照降町の鼻緒屋の見習職人でのう。と、説明しなくてもすでに承知で嫌がらせをしておるのではないか」

「どういうことだ」

準造親分の手下を背後から突き飛ばしたずんぐりとした浪人者が周五郎を見た。

「そなたら、それがしが目当てではないのかな。とても照降町で新しい履物を購う者とは思えぬ。そのほうらの履物は、もはや鼻緒の挿げ替えではどうにもなるまい」

「くそっ、抜かしおったな」

と長身が刀の柄《つか》に手をかけた。

「橋を渡ってあちらへ参らぬか。お客人に怪我をさせてもならぬでな」

と周五郎は同田貫を右手に下げたまま荒布橋を渡って魚河岸のほうへとさっさと歩いていった。

すると長身の浪人者が、

すすっ

と間合いを詰めてきた。

周五郎が右手に刀を下げていることに安心しきった様子だった。

右手に刀を持つことは刀を抜かないと意思表示したわけで、武士としての礼儀だった。だが、周五郎は本来左利きで、父から右手で刀から箸まで使えるようにきびしく直されていた。ために右でも左でも刀は同じように使えた。

間合いを詰めた長身の浪人者が一気に刀を抜くと斬りかかろうとした。

周五郎は背後の動きを承知で欄干のほうへとすっと身を避けて、くるりと相手に向き合った。

その瞬間、相手の刃がこれまで周五郎がいた場所を斬り上げていた。だが、空を切らされた。

「おのれ、八頭司め」

「やはりそれがしの姓を承知か」

ふたり目の浪人は居合でも使うのか、周五郎との間合いを詰めつつ腰を沈めた。長身の浪人も刀を上段に振りかぶった。

「いくらで頼まれたな」

「知ったことか」

「怪我の治療代くらいの金子《きんす》は約定されたであろうな」

「もはや、許さぬ」

ふたりの襲撃者がちらりと目を合わせた。

その瞬間、周五郎が相手ふたりに向かって大胆にも踏み込み、右手に下げていた同田貫の鞘《さや》を払うこともなく鐺《こじり》を突き出した。その鐺が小太りの浪人の鳩尾《みぞおち》を突くと次の瞬間には上段に構えた長身の胸を鋭く突いた。

一瞬の反撃にふたりは荒布橋の欄干を後ろ向きに越えて堀に落ち水しぶきを上げた。すると、行列のなかから魚河岸の兄さんと思しき連中が、

「たまやー」

「鍵屋」

と夏の花火の折の掛け声を発した。

周五郎は兄さんらに一礼すると、

「宮田屋の船商いにお出でいただき、有り難く存ずる。履物の傍らでは茶葉も売っておるでな、こちらもよろしく願う」

と挨拶すると船に戻った。

すると松蔵が、

「お待たせ申しましたな。大火事以来、ご不便をおかけ申しました。本日は履物の類と八頭司さんが申されたように茶葉も売っておりますでな、宜しく吟味の上、お買い上げ願いたく謹んでお願い申し上げます」

と頭を下げて挨拶し、船商いが始まった。

なにしろ商いが始まる前に一場の茶番劇が催されたため、客も大人しく行列に従い、履物を手にとっていた。

周五郎は自分の仕事場に戻ると、

「佳乃どの、そなたはしばらく女衆のお客のお相手をなされてはどうだ」

と声をかけた。

「そうね、人寄せがわたしの役目ですものね」

とトオシなど鼻緒を挿げる道具を手に松蔵と四之助の傍らに座して、

「ようこそいらっしゃいました」

と行列の女衆に挨拶した。

「佳乃さん、どうかしらこの鼻緒、私に似合うと思う」

とひとりの女衆が下り物の鮮やかな縞《しま》模様の鼻緒が挿げられた桐下駄を見せた。

佳乃はちらりと二丁町の住人と思しき女衆の召し物を見て、

「地面の上でお履きになってみませんか」

と勧めた。

芝居者の女房か、あるいは茶店の女主人と思われる女客は、佳乃とともに船店から降りた。

「よう似合っておいでです。鼻緒の具合はどうですか」

「そうね、もう少しきつくしてもらおうかしら」

その言葉に佳乃は女客の履いた下駄の鼻緒を触り、

「手直し致します。しばらくお待ちください」

と船に戻ると手早く鼻緒を締め直した。

結局男衆と女衆の二つに分かれて職人と相談しながら品を定め、大半の客が購ってくれた。

そんな賑わいが一刻半ほど続き、ようやく船商いは落ち着いた。

周五郎は賑わいのなかで、ふたりの男がそれぞれ佳乃に注意を払っているのを見ていた。ひとりは中村座の座頭から乞われた『照降町神木奇譚』の狂言作者ではないかと推察した。時折矢立てから出した筆で二つ折にした紙に何事か書きつけていたからだ。

だが、もうひとりの職人風の男が何者か分からなかった。ふたりは知り合いとも思えず、職人風の男は佳乃がトオシを器用に使う手の動きを見ていた。

そのふたりに気付いたのは周五郎ひとりと思えた。

船店の舳先に売り場を構えた茶問屋駿河軒の壱三郎が、

「大番頭さん、お陰様でうちの茶もそれなりにお買い上げいただきましてな、助かりました。お礼を申します」

「なに、お茶も売れましたか。なによりなにより。しばらくはこちらでお互い仮商いをしますかな」

「で、大番頭さん、最初に話すべきことをつい失念しておりました」

「なんですな、壱三郎さん」

「いえ、店賃《たなちん》ですよ」

「店賃ね、旦那様に相談してみますが苦しいのは相身互い、仮店の店賃など考えておらぬと思いますがな」

「ともかく源左衛門さんに相談してくだされ」

と願った。その話を聞いていた佳乃に松蔵が眼差しを向けて、

「佳乃さんや、うちも予想以上に売れたのと違いますかな。そなたの『花緒』は半分ほど売れましたな。こうなれば、明日から品切れにならぬか案じられますな。嬉しい見立て違いです」

と案じた。しばし考えた佳乃が、

「大番頭さん、この足で寺に帰って鼻緒を挿げようと思いますが、どうでしょうか」

と大番頭に尋ねた。

「そうですな、そうしてもらいましょうか、手代に猪牙舟で送らせますでな」

「どうだ、師匠。明日こちらに来る折、一日分ほどの下駄と鼻緒をこの商い船に持ってきて仕事をしたら」

「おお、八頭司さん、それはようございますぞ」

と松蔵と周五郎の間で明日からの佳乃の仕事が決まった。

昼過ぎに佳乃が因速寺に戻ったあと、ふらりと大工の棟梁銀七が姿を見せて、

「この船商いは当たりましたな、大番頭さん」

と言った。

「おお、棟梁、佳乃さんの思い付きがぴたりとはまりました。こうなれば船店で仮商いができます。棟梁、お店と住まいの新築ですがな、一日二日を急ぐこともございませんよ」

「とは申せ、梅雨も来ますでな、船商いが開ける日は限られましょう」

と銀七が答え、周五郎を見て、

「佳乃さんと新しい鼻緒屋の間取りを話したかえ、お侍さんよ」

と問うた。

「おお、佳乃どのは店をもう少し広くとって、後ろの棚に宮田屋さんから預かった履物や鼻緒を飾っておけるようにしたいようだ。その他のことは、ひと晩考えるというておったが、本日はそれを聞く暇もなかったでな」

とざっと話をした。

「おまえさんが住み込む話はどうなったえ」

と銀七はこちらが肝心だという口調で聞いた。

「それは話しておらぬ」

「なに、おまえさんからは話し難いか」

ふたりの問答を聞いていた松蔵が、

「元の鼻緒屋の二階の二間は、家の奥の住まいの上でしたな。こたびは店の上にも中二階を造りませんか。八頭司さんが照降町を出ていかれた後は、納戸部屋としても使えましょうな」

と鼻緒屋が総二階でなかったことを思い出して言った。

「わっしもそんなことを考えていたんだ。お侍さんがよ、店の中二階に梯子段《はしご》で上り下りすれば、八重さんや佳乃さんと昼夜いっしょということもあるめえしな、遠慮することもあるめえ」

と銀七が松蔵に応じた。

「この話ですがな、やはり八頭司さんからは切り出せますまい。私がな、明日にも佳乃さんに話します。佳乃さんも否とは言いますまい」

と松蔵が請け合った。銀七が、

「大番頭さんよ、わっしも鼻緒屋の建て替えは元どおりにやるんじゃねえって考えで、柱や梁《はり》や板を揃えておこう」

と言い、鼻緒屋の跡地を点検すると言い残して去っていった。

「大番頭どの、なにからなにまで世話をかけてすまぬ」

と周五郎が一礼した。

「町屋の暮らしは助け合いですよ。それに八頭司さんも佳乃さんも大塚南峰先生もこのシマに関わっていてほしいお人です。そう恐縮することもございませんぞ」

と松蔵がいうところに下り雪駄問屋の若狭屋の大番頭新右衛門《しんえもん》が姿を見せて、

「船商いにこれだけのお客様が集まるとは思いもしませんでしたよ。松蔵さん、なんともすごいことを考えられましたな」

「いえ、私どももこれほど履物を待ち望んでいる人がいるとは努々考えもしませんでした。若狭屋さんはいつ商い船を出されますな」

「うちは出遅れましたでな、持ち船を改装するのはなんとかなりましたが、品揃えにな、一日二日はかかりそうです」

と残念そうに言った。

「江戸っ子は、とくにこの界隈の連中は召し物と履物には凝られますでな、一軒より二軒の店で競いあったほうが客の集まりがようございましょう。若狭屋さん、待っておりますでな」

と松蔵が余裕を見せて言った。

若狭屋の大番頭が思案しいしい照降町を親仁橋のほうに向かうと同時に魚河岸の旦那衆がふたりほど船店に姿を見せて、

「宮田屋の松蔵さんよ、わっしらの船の客は、江戸の内海で獲れた魚だ。だがよ、履物屋の船が仮店になって行列まで出来るなんて考えもしなかったぜ」

と言いながら上物の下駄と雪駄をそれぞれ買ってくれた。

下駄を買った客が、

「おい、鼻緒屋の職人さんよ、おまえさん、只者《ただもん》じゃねえな。三郎次のときもそうだが、二本差しで威張りくさった浪人者なんぞ、おまえさんにかかったらひと溜まりもねえな」

とせっせと安物の下駄に紙緒を挿げる周五郎に言った。

「親方、茶番劇を見ておられたか。それがし、いたって並みの剣術の腕前でござってな、本日の相手は、あちらがひどかっただけでござる。褒めておられるならば見当違いじゃな」

「ふーん、そう聞いておこうか」

「それより下駄と雪駄の鼻緒の具合はいかがかな、師匠が挿げた鼻緒に弟子が触れるのも僭越じゃがいちおう商い上、聞いておこうか」

ふっふっふふ、と笑った魚河岸の旦那が、

「弥兵衛さんの見習の折はよ、このお侍もくすんで見えたが、主が若い女に代替わりしたら、お侍まで如才なくなったな、大番頭さんよ」

「で、ございましょう。この荒布橋の御神木の梅を守ったのもこの鼻緒屋の主従ふたりですよ。魚河岸、二丁町、そしてシマ界隈が復興した折、この御神木の前で派手な祝いを催しましょうかな」

「おう、乗ったぜ」

と魚河岸の旦那が船店の前で新しい雪駄に履き替え、御神木の幹元に古い履物を置いて柏手を打った。

昼下がり、客足が途絶えた。

「八頭司さん、最前の話じゃがやはりこの照降町に骨をうずめる気はございませんかな」

と松蔵が質した。

「最前の話と申されるとそれがしが新しく建てられる鼻緒屋に住み込むという話にござるかな」

「ええ、その話ですよ」

「骨をうずめるかどうかそこまでは返答できかねる。されど当座この照降町の復興に微力を捧げようと覚悟してはおる」

「藩の話は未だ八頭司さんに厄介をかけておるようですな」

「過日、兄が照降町に来たことを大番頭どのは承知ですな」

「はい、兄上様はやはりこの件でお出でになりましたか」

周五郎は頷くと、

「兄は藩の内紛の一方に加担しているようです。そちらにそれがしが身を置くなら然るべき地位に就けると言われました。おそらくこの一件、父は知りますまい。父はかような内紛に身内が関わるのを固く戒《いまし》めておりますからな。それがし、兄に二度と照降町に姿を見せんでくれと断りました」

「兄上様は納得されましたかな」

「さあて、どうでしょう。いずれにせよもはやそれがしが藩に戻ることなどありません」

周五郎の話を聞いた松蔵が頷くと無言で思案した。

父は兄の裕太郎に周五郎に宛てた書状を託していた。長文の書状を幾たびも読んだが、周五郎が気にかけたことは、

「周五郎、そなたが重臣派にも改革派にも加担せぬことに父は賛意を示す。われら家臣一族が忠義を捧げるのは殿ひとりである」

との一条だった。

「ならば新しく建てる鼻緒屋の一室に八頭司さんが住み込むことはようございますな」

と松蔵がいったん互いに了承した話を念押しした。

「あくまで佳乃どのが了解されることが前提でござる」

「分りました。明日にも佳乃さんと話し合ってみます。まず佳乃さんは否と言いますまい」

と松蔵が再度言い切った。

周五郎はやりかけの下駄の鼻緒の挿げを再開して言った。

「大勢の客が詰め掛けた折のことです。ふたりほど履物を買う風もなく商いの様子を熱心に観察していた男衆がおりましたな。ふたりは知り合いではなさそうに思えました。ひとりはおそらく例の芝居話の狂言作者ではないかと見ましたが、もうひとりの正体は見当がつきませんでしたな」

「ほう、私はお客さんの応対でてんてこ舞い、全く気付きませんでした。中村座の座頭が動かれて狂言作者が照降町を見物にきたとは考えられますな。さすがはお武家様、あの騒ぎのなかでようさような人物に目を止められました」

と松蔵が褒めた。

陽射しが西に傾いた頃合い、また新たな客が船商いに集まり始めた。

周五郎は相変わらず安物の下駄に紙緒を挿げ、松蔵らは客の応対に忙殺された。

二

荒布橋の袂の船店は、七ツ（午後四時）過ぎには商い仕舞をした。

宮田屋の大番頭の松蔵が番頭らに、

「売り上げはどんな風です」

と質した。

「大番頭さん、大雑把にですが佳乃さんの『花緒』の履物は六割五分、いえ七割は売れました。その他、うちの職人衆が挿げた男物と八頭司周五郎さんの普段履きの履物は四割を超えた数が売れました」

「なかなかの売り上げですな。となると、佳乃さんの『花緒』の履物が足りなくなりますな。まあ、本日は開店初日、ご祝儀もあってお客様にたくさん購っていただきました。明日から昼間はこちらにきてお客様のご注文に合わせて鼻緒をこの場で挿げながら売ることになりましょうかな」

と松蔵が言って周五郎を見た。

「そのことですが、佳乃どのがこちらに来るのは三、四日に一度にして、それを引き札にて告げてはどうでしょう。佳乃どの目当ての上客はその日に来て頂き、佳乃どのは因速寺の仕事場でゆっくりと丁寧な挿げ仕事をして、品を揃えた折にこちらで商うというのは」

「ほうほう、八頭司さんも商いのコツを習得されましたな。それはよい考えかもしれませんぞ」

と満足げに松蔵が言った。

「佳乃どのに、こちらに仕事場を設けて仕事をしながらと申したのはそれがしでござる。じゃがとくと考え直すと、やはりゆらゆらと揺れる船ではしっかりとした鼻緒を挿げるのは難事でござろう」

　周五郎は自分の思い付きを改めた。

「本日の帰りに因速寺の佳乃さんと相談してみましょう」

　松蔵が周五郎の提案を受け入れてくれた。

「八頭司さんは私と一緒にあちらに戻りますかな」

「いえ、それがしは大塚南峰先生としばらくは蔵で暮らすことにします」

「うちの番頭ひとりと手代ひとりを残して、こちらの船店の不寝番を務めさせます。売り上げの計算と帳簿つけは蔵でさせて売り上げの金子は明日の釣銭を取り除けて蔵に仕舞っておきましょう」

　松蔵は売上金は一々深川の宮田屋の別邸には運ばぬと言った。

「そのほうが安全ですな。大川は大小様々な船が往来していますし、よからぬ考えの者を乗せた船もおりましょう。金品はこちらの蔵においていたほうが安全です」

　松蔵の考えに周五郎も賛意を示した。

　四之助らが売上金を計算して帳簿につけていると、

「大番頭さん、川向こうに戻られますか」

と若い声がした。

　周五郎が見ると、昼間見た若い職人の男だった。

「おや、伊佐次さんでしたか。佳乃さんと会いとうございますかな」

「はい、本日佳乃さんの手際は見せてもらいました。佳乃さんの考えを直に聞くのが大事と思いましてな」

と伊佐次が言った。

「ならば私も早めに切り上げて伊佐次さんといっしょに因速寺に立ち寄りましょうか。あとは八頭司さんやうちの奉公人に任せてようございますな」

と松蔵が言った。

「大番頭さん、およその売り上げがでました。こちらの紙に書きつけてございます」

と一番番頭の勇太郎が四つ折りにした書付を松蔵に渡した。

「これは持ち帰って旦那様にお渡しします。この売り上げを見たら旦那様も驚かれますぞ。なにしろ佳乃さんの挿げた高値の履物が一日で七割方ははけましたでな」

と満足げに松蔵がいい、

「八頭司さん、例の話は佳乃さんに念押ししておきます」

と周五郎に言った。

新しく建つ鼻緒屋に周五郎が住み込むという話だ。

「無理じいはしないでくだされ。それがしは南峰先生に例の件を話しておきます」

「お願い申します」

とお互いが言い合うところに船宿中洲屋の船頭幸次郎が猪牙舟を寄せて、

「大番頭さんよ、あちらに戻る刻限じゃないか」

と質した。

「さすがにこちらの動きを心得ておりますな。因速寺に立ち寄って別邸に行って下され」

と願い、

「あいよ、今晩八頭司さんは寺泊まりなしか」

「それがしは当分蔵住まいじゃ。本日は大番頭どのの他に下駄職人どのを乗せてくれぬか。帰りはおひとりになろう」

周五郎が幸次郎の帰路まで指図した。

伊佐次は朝方から船商いで仕事をする佳乃に関心を示していた職人風の男であった。船商いがいち段落したとき、姿を見せて松蔵と話し始めて下駄職人だと周五郎は知った。

「ふーん、八頭司さんもよ、すっかり照降町に慣れたな」

と応じながら幸次郎が猪牙舟を船店に巧みに寄せた。

「おお、玄冶店の親分に聞いたぜ。大川や堀でよ、客を乗せた猪牙を襲う連中がいるんだとよ。まだ明るいや、不逞《ふてい》な連中が現れるにはいささか早かろうがな。そやつらが現れたら、この幸次郎が竿でひと突きにして追い払うからよ」

「幸次郎さんや、私は金子など懐にしておりませんからな。そのような連中に襲われますまい」

「大番頭さんの形《なり》が形だよな、懐に売り上げなんぞ携えている旦那と野郎どもが勘違いするかもしれませんぜ」

と言いながら松蔵と伊佐次を猪牙舟に手際よく乗せた。

「伊佐次さん、こちらのほうへお願い申します」

松蔵が願って傍らに呼び猪牙舟は日本橋川を大川へと向かった。

明日売る品を周五郎が、本日の売上金を手代の四之助がそれぞれ抱えて宮田屋の外蔵に戻った。

「八頭司さん、本日の売り上げ見当つきますか」

四之助が問うた。

「それがしが挿げる下駄の値は百文前後ゆえ十足売れたとしてもたいしたことはない。そうじゃな、佳乃どのの『花緒』は二分から一両はするな。ざっと思案して八両と二分ほどかのう」

「なかなか、と言いとうございますが、ほぼ倍の十六両二分です」

周五郎は四之助の顔を見た。

「店のあるときでも、ふだんはこの金額には達しません」

「大火事のあと、初の出店ゆえご祝儀商いであろう」

「でしょうか」

と言い残した四之助が土蔵の奥に設えられた頑丈な納戸に売上金と明日売る品と帳簿を仕舞いにいった。

周五郎が外蔵の戸口に立っていると、大塚南峰の仮診療所も終わった様子だった。

仮診療所の前では簡単な竈《かまど》が設えられ、宮田屋の女衆ふたりがこちらに残った奉公人たちの夕餉を拵えていた。

「いい匂いじゃな」

と言いながら仮診療所から南峰が姿を見せた。

「魚河岸で売れ残った魚と野菜で海鮮鍋よ、南峰先生も八頭司さんもいっしょに食するように大番頭さんから言われてますからね」

と宮田屋の奉公人の女衆が応じた。

「毎日恐縮じゃのう。わしは八頭司さんと違って宮田屋の手助けはなにもしておらぬがのう。見習医師とふたりして馳走になるばかりだ」

「南峰先生はシマ界隈の怪我人や病人の手当てをしておられる。これもまた宮田屋さんの助勢と言えませぬかな」

と周五郎がいい、

「そうじゃ、南峰先生によき話がござった」

と松蔵から聞かされた話をした。

「なに、シマの一角の若狭屋の土地にわしの診療所を宮田屋さんと若狭屋さんが建ててくれるというのか。真《まこと》の話であろうな」

南峰の念押しに周五郎が頷いた。

「冗談ではございませぬ。大塚南峰先生は長崎に遊学されて異人の医者に直に習い、江戸に戻られて蘭方医をしておられる。かような履歴をお持ちの町医者は江戸におられれますまい」

「まあ、江戸広しといえども、長崎遊学の蘭方医はさほどおるまい、と言いたいがそれなりにおられる。ただし、この方々は大名家の藩医であったり、分限者相手の医者であったりでのう、シマのような町屋で職人衆や商人衆を相手の医者はわしひとりかのう」

「南峰先生の診療所があるのは魚河岸や二丁町の面々にとって実に心強く安心でござろう、平たくいえばシマ界隈に、つまりは宮田屋さんや若狭屋さんに貢献しておるということではございませぬかな」

「ううーん、それにしても若狭屋さんの家作の跡地にわしの診療所が出来るとは思わなかったぞ、八頭司さんや」

「大塚南峰先生をよその町内に引っ張っていかれるのはシマにとって恥でござろう。ともかく南峰先生、この一件承知とそれがし受け取ってよろしいな」

「わしは診療所を建てる金子など直ぐに返せぬぞ。何年がかりかで返すことになりそうだ。そうじゃ、それより差し迫った入用があるのだ、八頭司さん」

と南峰が言い出した。

「差し迫った入用とは、なんでござろう」

「薬屋がな、支払いをせぬとこれ以上は出せぬというのだ。大火事で燃えなかった商人はどこも強気でな、ふだんの値の倍をいいおる」

「薬屋とはどこですか」

「浅草寺の横手、馬道にある。浅草寺御用達佐野善右衛門《さのぜんえもん》が主の馬道薬種問屋じゃ」

「いくらあれば薬を出してもらえようか」

「五両かのう」

ふたりの問答を聞いていた宮田屋の女衆が、

「南峰先生は患者からお金はとらないからね、薬種問屋に支払いが溜まっても不思議はないよ。そんなやり方じゃ、どこまでいっても赤字ですよ」

と口を挟んだ。

「まあ、そういうことだな、なんぞいい知恵はないものか」

「怪我人ならば銭を持っているかどうか尋ねたあと、治療をするしないを決めればいいことだね、先生よ」

と女衆があっさりと応じ、

「さようなことが出来れば、わしの女房どのも子をふたり連れて実家に戻らなかったであろうな」

とこちらは平然としたものだ。

「おかねさん、このふたりにいくら言っても無理だよ」

と問答を聞きながら飯を炊いていたもうひとりの女衆が言った。

四之助が土蔵から酒を提げて出てきた。

「南峰先生、たんと、とはいかないよ」

女衆が言いながら茶碗を宮田屋の跡地で寝泊まりする周五郎ら男衆に配った。

「近ごろ茶碗酒、二杯がわしの適量でな。八頭司さんもお目付役でおられるし、それ以上飲むと明日の朝の剣術の稽古に差し支える」

と言った南峰が周五郎を見て、

「そうじゃ、鉄炮町《てつぽう》武村實篤《たけむらさねあつ》先生の一刀流道場の建て替え話があるのを承知かな、師範」

と尋ねた。

「いえ、存じません」

周五郎は夢想もしなかったことを聞かされて驚いた。

「本日、怪我の治療をした患者がそのようなことを言ったのだ」

「武村先生はお歳でござろう。それに剣道場を再建するにはそれなりの費えもかかろう。過日会った折は、諦めておいでの口ぶりでしたがな」

周五郎は武村が剣道場再建の情熱を持っていたことは察してもその貯えがあったとは到底思えなかった。

「うむ、その患者は牢屋敷に出入りの大工じゃがな、牢屋奉行の石出帯刀《いしでたてわき》どのが、牢屋敷近くに剣道場があるのは牢屋同心らのためにもよいというのでな、なんとか再建したいというたそうだ」

「それはよき知らせですが、実現するのは、だいぶ先の話ではございませんか。まずは牢屋敷を再建するのが第一、これは公儀が費えを出すゆえ直ぐにもできよう」

「いかにもさよう」

と周五郎の疑問の声に手にしていた茶碗酒を舐めるように南峰が喉に落とし、

「仕事のあとの酒は美味いな。以前、一日じゅう、飲んでおったときは酒がかように美味いものとは感じなかったがな」

ともらし、周五郎の顔を見て、

「八頭司さんや、もし鉄炮町に武村先生の道場が再建されるならば、そなた、ふたたび師範を務めるか」

と質した。

「むろん武村先生からさような話があれば引き受けさせてもらいます」

「牢屋敷は、公儀の建物の中でもどこよりも早く再建せねばならぬところであろう。大火事の折、解き放ちになった囚人をいつまでも川向こうの仮牢屋敷に詰め込んでおくわけにはいかんでな」

と南峰が周五郎と同じ考えを述べた。

「まあ、そうでござろうな」

「牢屋敷にも出入りする医師がおるのは承知じゃな。五臓六腑の治療をする本道（内科）がふたりに、怪我を治療する外科医師がひとりおる。この外科医の種村磯兵衛《たねむらいそべえ》はわしのかつての弟子でな」

と言った。

周五郎は、武村實篤に道場再建の意欲があれば手伝うのは自分しかあるまいと考えた。

「八頭司さんよ、やはり剣道場で稽古し、朝風呂に浸かるのと、この宮田屋の跡地で素振りをするのでは気分が全く違うでな」

と南峰がいった。

「先生方よ、酒の菜に海鮮汁を食うかね」

と女衆のひとりのおかねに言われてふたりは頷いた。

土蔵の前で思い思いに、焼け残った道具に腰を下ろして宮田屋の奉公人たちといっしょに酒を飲み夕餉を食した。

「火事場の跡地でかような夕餉も野趣あふれてなかなか乙なものではないか」

と南峰が嬉しそうに言う。

「野趣あふれておりますか」

「そなたは譜代大名の重臣の倅ゆえ、かような経験は初めてであろうな」

「おや、南峰先生はかような夕餉を前に経験されましたかな」

うむ、と返事をした南峰が遠くを見つめる眼差しでしばし黙り込んだ。そして、不意に言い出した。

「長崎におるとき、仕事仲間とオランダの船に招かれたことがあった。むろん船は千石船とは比べようもないほど大きく、甲板は広々として立派じゃ。ここでな、長崎の山々を見ながら南蛮の酒を飲み、異国の料理を立ち食いしてお喋りしたことをふと思い出した」

「オランダの帆船は大きゅうございますな。それがしは異人と外で酒を酌み交わし食した経験はございませんが、長崎にはまた行ってみたいですな」

「昨日も、話し合うたな。いつの日か肥前長崎にふたりして戻るか」

「ようございますな」

ふたりが言い合った。

「南峰先生、八頭司さん、そ、それは困ります。ふたりしてこのシマから出ていかれては、残された私たちはどうなります」

手代の四之助が真剣な顔で言った。

「四之助さん、われら、夢を語っておるのです。ただ今のわれらは肥前長崎どころか六郷の渡しすら越えることもできますまい」

と周五郎が四之助に言った。

「夢、でしたか。ああ、よかった。そうですか、長崎には異人さんがたくさんおりますか」

「出島というシマにオランダ商館という異人館があってな、本来ならば公儀との約定でオランダ人しか滞在してはならんのじゃが、南蛮人、紅毛人というたら和人には区別がつくまい。実は出島にはいろんな国の異人が住んでおった。ゆえに言葉もあれこれといろいろ話されてな、わしの医学の先生はエゲレス人であった」

「と、申されると南峰先生は蘭方医と称しておられますが、エゲレス国の医学も習われましたか」

「あちらでは医学であれ造船であれ、技術は直ぐに伝わるでな、蘭方医と称するのは公儀への気遣いゆえじゃな」

「それがし、長崎滞在はたった一年、なにも分らぬままに小倉藩城下を経て江戸藩邸に戻りましたで、懐かしさだけが胸に残っております」

周五郎の言葉に頷いた南峰が手にした茶碗を弄びながら、

「われらが今なすべきは照降町、あるいはこのシマの再興じゃな」

と一同に言った。周五郎が頷くと、

「この大火事の復興じゃが、元の照降町に戻るだけでよいものかのう」

「と、申されますと元の照降町に戻ってはなりませぬか」

「大火事は江戸の中心部を焼き尽くしていきおった。これは大変な損失じゃな。だが、これを機に照降町が新しい時世に変わる要があるのではないか」

「照降町が変わるとはどういうことですか、南峰先生」

「例えばそなたが手伝っておる履物の鼻緒じゃがな、異人は革足袋のような沓《くつ》を履いておろう。最初に見たときはなんとも珍妙な履物と思うたが、革沓《かわぐつ》になれると下駄や草履とは違って動きやすいぞ。早晩、照降町の履物屋に革沓が並んでもおかしくあるまい」

「そうなるとわが師匠の鼻緒屋はどうなりましょうかな」

「ここ数年はなんともいえぬな。だが何十年後にはそんな世がこよう、その折のことを考えて、照降町の復興をなさねばならぬというておるのだ」

周五郎は南峰の言葉に、

「うーむ」

と呻き、四之助は考え込み、

「いささかわしの言葉は先走りしておるかもしれぬが、この江戸に異人の船がやってくるようになる。それは間違いあるまい」

と南峰が言い切った。

周五郎は黙って南峰の話を胸のなかで考えていた。

三

佳乃は照降町の船商いを昼過ぎに辞したあと、宮田屋の奉公人の漕ぐ猪牙舟で深川黒江町の因速寺の仮住まいに戻り、仕事場に入って鼻緒挿げに取り掛かった。

「佳乃、戻ってきたのかえ、昼は食したのかね」

と八重が尋ねたが、

「船店が繁盛して明日の品が足りなさそうなの。少し精出して鼻緒を挿げるわ」

と佳乃が応じると、

「えっ、船に履物並べて売れるなんてどういうことだね、船で物を売るのが珍しいのかね」

とか、

「それじゃあ、おまえ、昼餉も食べてないんだろ。なにか作ろうか」

と言った。だが、佳乃はそれには答えずひたすら鼻緒挿げに精を出した。

船商いの客の女衆は、下駄であれ草履であれ、下り物の上等の品から関心を示した。

火事ですべてを失ったが、照降町界隈の女衆は大店のおかみさんや二丁町の芝居に関わった粋筋の人が多く、新たな暮らしを始めるにあたり足元にまず金子をかけた。

そんな女心を察した佳乃は、宮田屋から預かった履物の中でも上等の品に上等の鼻緒を丁寧に挿げていった。

どれほどの刻限が過ぎたか、大番頭の松蔵が若い職人風の男を従えて敷居を跨《また》いできた。

「おお、頑張って仕事をしておられますか」

と言った松蔵が下駄職人の伊佐次を紹介した。

「初めまして、佳乃にございます」

と佳乃が挨拶すると、

「佳乃さん、身罷った親父さんとは知り合いにございましてね、幼いころの佳乃さんを承知でございますよ。大人の女になった佳乃さんに口を利くのは初めてだ」

と伊佐次がまぶしそうな眼差しで女職人を見た。すると若く思えた職人は三十をいくつか過ぎた、職人として脂の乗り切った年ごろかと佳乃は思った。

「吉原の梅花花魁に三枚歯下駄の注文を受けたそうな」

伊佐次がはきはきとした口調で尋ねた。

「はい、鼻緒屋には荷が重いとお断りしたんですが、花魁がぜひと願われまして大番頭さんに相談して宮田屋さんが受けられました」

佳乃は下駄職人の伊佐次を差し置いて梅花花魁が鼻緒職人の佳乃に願ったことに自尊心を傷つけられたのではないかと思い、宮田屋が注文を受けたのだと言った。

「なあに、そんなことはどうでもようございますよ」

佳乃の気遣いを察した伊佐次がいい、仕事場の隅にあった梅花の三枚歯下駄を見ながら、

「で、工夫はつきましたかえ」

と尋ねた。

「高さ六寸の下駄を履くだけで世間の景色が全く変わることにびっくり致しました」

正直な気持ちを告げた。

「佳乃さん、幾たびも履かれたようだね」

「梅花花魁が好きに使ってよいとお許し下さいましたので」

するとしばし考えていた伊佐次が、

「佳乃さん、わっしに佳乃さんの花魁道中を見せてくれませんかえ」

とまず願った。

「伊佐次さん、手助けしてくれますか」

と願った佳乃は、仕事場を片付けて伊佐次を板の間に上がらせた。

梅花花魁の三枚歯下駄は幾たびか実際に花魁道中に使われていた。借り受けてきたとき下駄の歯の底は綺麗に洗い、拭っていた。

伊佐次の前に三枚歯の下駄を置き、

「肩をお借りします」

と願い、伊佐次の肩に手をおいて履いた。というより下駄の上に乗って、しっかりと白足袋の

足を鼻緒に入れた。

狭い納屋の中だ。天井が頭のすぐ上にきた。

佳乃は吉原の仲之町の通りを思い浮かべて、伊佐次の肩に軽く手を添えて体の均衡をとり、右足の三枚歯を少し内側に傾けながら外八文字でゆったりと踏み出した。さらに左足を踏み出し、狭い仕事場で三、四歩、花魁になった気持ちで歩いた。

「佳乃さんや、外八文字を稽古されましたか」

土間に立って見ていた松蔵が驚きの声を漏らした。

「かような三枚歯を履く機会などこれまでございません。花魁がいかに何事もないように道中をなさるか、身をもって知りとうございました」

「いやはや大したもんだ」

と応じた松蔵から視線を伊佐次に移した佳乃は、

「この仕事場ではこの程度しか動けません」

「いえ、十分でさあ」

伊佐次の返答に佳乃は三枚歯下駄から板の間の床に下りた。下駄を脱ぐというより下りるという表現がぴたりとする三枚歯だった。

「吉原で三千人の遊女衆の頂点に立つ花魁の粋と張りがこの三枚歯を履いた花魁道中には表れているのですね」

とふたりの男衆に話しかけた。

「で、佳乃さん、梅花花魁の注文はどんなものですね」

と伊佐次が聞いた。

「はっきりとは申されませんでした。新しい三枚歯下駄は廓《くるわ》で話題を呼ぶような斬新なものにしてほしいのだと思いました。ゆえに梅花さんからこの三枚歯を借りて参りました」

「なんぞ分りましたかな」

と松蔵が尋ねた。

「わたしどもの履く履物は、紙緒の普段ばきから下り物の下駄まで足で履きます。ですが、花魁道中の三枚歯は腰で履くのだと思いました。わたしが推量するに梅花花魁は、もう少し軽い三枚歯を望んでおられるのではないかと。そのうえで最前申したように仲之町で見物する男衆を釘付けにするようなものを注文されたのだと思います。伊佐次さん、これより軽いものができましょうか」

と佳乃が伊佐次にまず尋ねた。

伊佐次は佳乃が履いていた三枚歯を手にとると両眼をつぶり、上下に動かしてまず重さを手で感じた。

「この大きさでこの軽さ、この三枚歯を造った職人も苦労したと思いますぜ。高さと大きさはこれと同じですな」

「はい」

と佳乃は返答した。

この三枚歯には全盛を極めた花魁の誇りが象徴されていた。ゆえに大きさを変える要はないと思った。

「梅花花魁の背丈は佳乃さんと同じくらいでしたな」

伊佐次は梅花の花魁道中を何度も見たらしくいった。

「いかにもさようです。その上何枚もの打掛《うちかけ》などで着飾り、三枚歯に乗るだけでも大変でしょう」

「ということは三枚歯にそれなりの強さが要るということです」

「はい」

「大きさも高さもいっしょ、さらにこの三枚歯より軽くして強さを保てと言われますかえ」

「それだけではございません。軽くした分、打掛をきた花魁の足元が不安定になってもいけません」

「そりゃ、大変な注文だ」

「いかにもさようです」

との佳乃の返答に伊佐次が、
ふうっ
と思わず息を吐いた。

「三枚歯の足裏はそれなりの重さにて安定を残す。ですが、下駄全体を軽くしたいということですかえ」

「まあ、そういうことです。お願いできますか」

「正直言って、この注文お断りしたい気持ちだ。だが、佳乃さんが梅花花魁より直に注文を受けたのにわっしが断るわけにもいきますまい。下駄職人のささやかな意地かねえ」

「はい、伊佐次さん、職人同士の意地と意地の張り合いで梅花花魁に満足してもらう、それをやるしかございません」

伊佐次はしばらく黙っていたが、

「大番頭さん、えれえ注文だぜ」

と松蔵に言った。

松蔵はなにも答えない。そう簡単な注文ではないことをふたりのやりとりで察したからだ。

「佳乃さん、しばらく思案させてくれませんか」

と伊佐次は佳乃の注文を受けたことをこう表現した。

「梅花下駄、お持ちになりますか」

「いいえ、寸法だけ測らせてくだせえ」

と願った伊佐次が持参した物差しで測り、数字を書き留め、三枚歯下駄の素描を描いて懐に入れた。そして、またひとつ、
ふうっ
と吐息を漏らした。それは決して不満の吐息ではない。職人が難しい注文を受けたときに漏らす吐息だった。

「佳乃さん、わっしが本式に取り掛かる前に幾たびかこちらに邪魔をして考えを聞かせてもらってようございますか」

「むろんです。当分はこちらか、照降町の船店で仕事をすることになろうかと思います」

「承知しました」

と伊佐次が答えたところで、松蔵が、

「佳乃さんにもう一つ話がございます」

と言い出した。

「なんでございましょう」

「鼻緒屋の普請の件ですがな、お店の上に中二階を設え、八頭司さんを住まわせるのは無理でしょうかな。ご当人に何度か佳乃さんに願えといったのですが、遠慮されておられるのか、言い出せぬようでしてな、私がかような申し出を致しました」

「えっ、周五郎さんを」

と応じた佳乃は一瞬間をおき、

「大番頭さん、あちらが嫌がっておいでではございませんか」

「いいえ、八頭司様は照降町の再興をなんとしても見届ける決心です。となれば住まいが要ります。とはいえ新しい長屋など当分できますまい」

と松蔵が答えた。

しばし沈思していた佳乃が、

「ぜひお願い申します」

と言い切った。

「ああ、それから八頭司さんが船店で鼻緒挿げをするのは船がゆらゆらして鼻緒がしっかりと挿げられないのではないかと案じておられました。どうですかな、この件は」

「たしかに水上の船での鼻緒挿げ替えは難儀といえば難儀ですが、かような折しか体験できぬことです。一時のことです、船店の仕事場を楽しみます」

と佳乃が言い切った。

その問答を伊佐次が興味ぶかげに聞いていた。

「よかった。明朝も迎えに来ますからな」

と最後に言い添えた松蔵と伊佐次が因速寺の納屋を出ていった。

この日の夕餉は、八重と佳乃の親娘ふたりだけだった。

「お父つぁんが亡くなり、わたしらふたりの夕餉は寂しいね」

「照降町に鼻緒屋の店が出来たら、周五郎さんが住み込むわ」

「そうだってね。でもさ、お侍さんが本式の住込み職人になれるかね」

「差し当たっての話よ。いつの日か、必ず八頭司周五郎様は照降町を出ておいきになるわ」

「そうかえ、やっぱりお侍だもんね」

と八重が寂し気な口調で漏らし、

「これぱかりは致し方ないわ」

と応じた佳乃の声音には諦観が漂っていた。

「おっ母さん、それより宮田屋さんに家を造ってもらうのよ。どう、前の家のままでいいの、台所とかさ、工夫がつくところは棟梁に早々に願ったほうがいいわ」

「台所ね、竈は土間にあったほうがよかないか」

焼失した家の台所は九尺二間の長屋のようで板の間に竈があった。冬はいいが夏、階下の板の間に竈があると二階屋じゅうが暑くて不快だった。

「思いつくところがあったらわたしに教えて。今晩にも素人だけど絵図面を描いてみる、その折、土間に竈を移しておくわ」

と佳乃がいい、夕餉もそこそこに仕事場に戻り、鼻緒を挿げながら間取りを考えた。するとお茶を持ってきた八重が、

「宮田屋にえらい借りができたね。返すのに何年もかかるよ」

とそのことを案じた。

「わたしが仕事し易いようにでしょ、借財は十年がかりで返していくわ」

「おまえは女だよ。嫁にでもいくことになると借金だけが残るよ」

「そんなこと案じていたら髪が真っ白になるわよ。だいいち、わたしは出戻り女ということをおっ母さん、忘れないでよ。もう嫁になんていかないわ」

「そうかね。わたしゃ、借金は嫌いだよ」

「だれだって借財は嫌いよ。致し方なくこうなったの」

と言った佳乃だが、宮田屋が鼻緒屋の家まで面倒をみるにはそれなりのわけがあると見ていた。佳乃を宮田屋だけの鼻緒職人にしておきたいこともあるだろうが、あの大火事の前後、宮田屋の蔵に仕舞いこまれていた貯えを八頭司周五郎が守り通したおかげで、宮田屋は照降町の店と住まいが焼失しても、直ぐに普請に取り掛かれたのだと松蔵に聞かされていた。むろんこの一件は佳乃だけにそっと漏らしたことだ。生涯の秘め事だった。

この大火事を通じて親店の宮田屋と暖簾わけしてもらった鼻緒屋には、さらに密なる関わりが生じていた。宮田屋にとって鼻緒屋や大塚南峰の診療所を兼ねた家を造るくらい大した費えでもないのだ。だが、このことを佳乃は母親に告げなかった。

「ともかく頑張って少しでも宮田屋さんのためになる仕事をするわ」

と八重にいうと、

「お父つぁんが生きていたら、おまえにここまでの苦労はさせないんだけどね」

と言い残して台所に姿を消した。

翌朝、松蔵が迎えにきたとき、佳乃は因速寺の船着場に仕事の道具と、船で鼻緒を挿げる草履や下駄を箱に入れて下ろしていた。

「おお、待たせましたかな、佳乃さん」

「いえ、ちょっと前に船着場に下りたのです」

と応じた佳乃が見ると本日の船は、猪牙舟ではなくて平底の高瀬船ですでに荷物が積んであった。どうやら高瀬船は深川入船《いりふね》町界隈の船宿で借り受けたもののようだ。そして、荷は深川入船町の別邸で宮田屋の職人たちが鼻緒を挿げた品であろうと佳乃は思った。

手代と船頭が手際よく佳乃の荷を積み込んでくれた。そして、船が船着場から離れたとき、

「佳乃さん、いくらか仕事が出来ましたかな」

「大番頭さん、十足ほどしか仕上がっていません」

「なに、十足ですと、夜も仕事をしたようですな。下駄職人の伊佐次と私がそなたの刻をとりましたにな、十足とはよう仕事をされた」

と松蔵が満足げに言った。

高瀬船の胴ノ間の荷と荷の間でふたりの話は船頭にも手代にも聞こえなかった。

「夕餉の折、おっ母さんが宮田屋さんにどう報いたらいいのか、どう借財を返せばよいのか分らないと案じておりました」

「なに、八重さんがさようなことを。いつぞやちらりとそなたには申しましたな。こたびの火事では八頭司周五郎さんと佳乃さん、あなたがたにうちは大いに助けられました。旦那様も鼻緒屋の家の普請代を返してもらおうなんて考えてもおりませんでな、案じなさるな、と八重さんに伝えてくだされ」

「大番頭さん、ほんとうにそれでよろしいのでございましょうか」

「念には及びません。八頭司さんが外蔵の貯えを守ってくれたゆえ、宮田屋の再建もなんの障りもなしに進んでおります。それよりな、昨日の売り上げに旦那様は仰天しておりましてな、改め

て照降町が一日千両の稼ぎの魚河岸と芝居の二丁町を結ぶ往来だと感じ入っておりました。ですからな、私が昨日の売り上げの半分以上が佳乃さん、あなたの挿げた履物と旦那様に告げたところです。普請しながら船店で商いが出来るなんぞ、これもまた佳乃さんならではの知恵でした。鼻緒屋の普請代など忘れてよろし」

と松蔵がはっきりと言い切った。

「おっ母さんはまた、お父つぁんが元気なればおまえにこんな苦労はさせないと嘆いてもおりました」

「八重さんの気持ちはよう分る。だがな、もはや弥兵衛さんから佳乃さんに代替わりしておりますのじゃ。たかが履物屋、鼻緒屋というても時世時世で流行り廃りもありますでな、これからは佳乃さんのような若い人が手掛けた品が売れていきます。そのことを昨日、改めて考えさせられました」

松蔵が言い添えた。

高瀬船はいつの間にか深川佐賀町に架かった下之橋を潜って永代橋に向かって斜めに横切り、霊岸島新堀《れいがんじましんぼり》へと入っていった。

「あとは少しでも長く八頭司周五郎さんが照降町にいてくれることを願うばかりです」

松蔵もまたいつかは周五郎が照降町を離れる人間と思っていた。

「こればかりはわたしどもの力ではどうしようもございません」

「そうですか、佳乃さんでもダメですか」

佳乃は松蔵に顔を横に振ってみせた。

「となれば、せめて照降町の復興の日までなんとしてもいっしょに働いてもらいとうございますな」

「おそらく来年の今ごろが目途かと思います」

「そうか、一年ですか」

と松蔵が呟いたとき、高瀬船は鎧ノ渡しを突っ切っていた。渡し船は、江戸橋も日本橋も燃え落ちたせいで、大勢の客が乗っていた。

魚河岸では普請が始まると同時に、野天の地引河岸などを使って江戸の内海や房総、あるいは相模灘から押送船《おしおくりぶね》でもたらされた魚の競りが行われていた。

佳乃はこれが照降町の、シマの賑わいだと思った。

そのとき、堀留に焼け残った荒布橋の袂から歓声があがった。

「おお、今日もお客人が行列しておりますぞ、有り難いことですな、佳乃さん」

「はい、船で仕事しながらお客様のお相手をさせてもらいます」

と言ったとき、

「おおー、女職人佳乃さんの御到着だぜ」

魚河岸の奉公人のひとりが声を上げて、行列から、

「待っていたわよ、佳ちゃん」

と小網湯《こあみゆ》のふみの声がした。

「ごめん、お待たせして。おふみちゃんの湯屋も燃えてしまったのよね」

「さっぱりと燃えました。ああ、きれいさっぱり燃えると未練もなにもあったもんじゃないわ。寅《とら》は、新しい湯屋の普請に走り廻っているわ。なんとか棟梁の目途がついたようよ」

寅とは亭主の寅吉《とらきち》のことだ。

「それはよかった」

高瀬船が船店に横づけされて荷が積み替えられ、佳乃は昨日深川で挿げた草履や下駄を早速並べた。すると女衆から喜びの声が上がって、

「品はあれこれとございますでな、ゆっくりと吟味してお買い上げくだされ」

と松蔵が願い、二日目の船商いが始まった。

四

佳乃は上物の草履や下駄を買ってくれた客の鼻緒を足に合わせて挿げなおした。どの客もが下り物から買い求めてくれた。そんな作業が昼まで続き、客足がいったん少なくなったところを見て、周五郎が船店の一角に設えた仕事場で下駄に本天の鼻緒を選んで挿げる作業をしていると、

「佳乃さん、私にその履物を頂戴」

と声がかかった。

眼差しを声の主に向けると二丁町の茶屋佐倉屋《さくらや》の女将《おかみ》愛華《あいか》だった。

「女将さん、久しぶりにございます」

「ご免なさいね。佳乃さんが照降町に戻っていると聞いていたんだけど、ついこちらに足を向ける間もなくこの火事よ。うちもさっぱりと焼けて川向こうの別邸暮らしをしているの。いずれはこちらに茶屋をなんとしても建て直すわ。足もとくらい涼やかでいないとね」

「女将さん、有り難うございます。こちらに下りて御足《おみあし》を見せてくださいな。鼻緒を合わせて挿げ直します」

「弥兵衛さんが亡くなったそうね。私、しらなかったの」

「避難していた深川の寺で内々で弔いをしましたので、照降町の住人でもご存じないお方もおられます。何十年かぶりの大火事です、わたしどももあちらこちらに欠礼しております。そのお言葉だけで十分でございますよ」

と言いながら愛華の足に合わせて鼻緒を調整して挿げた。

「佳乃さん、いろんな男衆から佳乃さんの女っぷりのよさを聞いたわ。確かに二丁町界隈でも佳乃さんの色気に敵う女衆はいないわね」

と愛華が小声で囁《ささや》いた。

「女将さん、男に騙されて三年ほど照降町を留守にしていた愚かな女です。まさかお父つぁんが死ぬほどの病にかかっているとは思いもせずに荒布橋を渡り、夜鳴き蕎麦屋の吉さんに教えられた時は愚かな行いを後悔しました。宮田屋さんのご厚意でかような仕事が務められることになりました。今後ともよしなにお付き合いくださいまし」

「あなたの若さでこの技量と色気、宮田屋さんも喜んでいるでしょう」

と言いながら鼻緒を挿げさせた愛華が、

「そうだ、二丁町の芝居者があなたのことを聞きに来たわ。きっと佳乃さんの女っぷりに惚れたのね」

と言った。

「女将さん、男はもうこりごりです。当分仕事ひと筋に生きていきます。なにより照降町の復興がわたしどものやるべき務めです」

「おたがいそういうことよね、うちの女衆にも佳乃さんの『花緒』を購いなさいといっておくからね」

「有り難うございます、女将さん。どうでしょう、鼻緒の具合は」

「ぴったり足に吸い付くようよ」

と愛華は履物の値段に二朱の花代まで添えて佳乃に支払った。愛華を見送った佳乃のもとに次の女客がきた。次々に女客の相手をしながら履物と鼻緒を選んで挿げる仕事を夢中でこなした。

昼の九ツ（正午）の時鐘が浅草寺の方角から風にのって聞こえてきた。この界隈に刻限《とき》を告げる石町の鐘撞堂は燃えてなくなっていた。

客足が途絶えたとき、佳乃は船から下りて荒布橋の御神木、梅の幹に掌を添えて瞑目し、照降町の復興が一日も早からんことを祈願した。そして、橋の上から魚河岸を見た。

燃えた魚河岸も整地を終えて、普請にかかろうとしていた。日本橋も燃え落ちて姿を消し、金座界隈も本石町十軒店から鎌倉河岸にかけてきれいさっぱりと焼失して、外堀内の大名小路の炎を被った庭木が見えた。

「師匠、どこを見てもさっぱりしたものじゃな」

と周五郎の声がした。

ふたりは、船店に来て会釈をし合った程度で言葉をかけあう暇もなく客の相手をしていたのだ。

「こんな光景を見るなんて夢にも考えなかったわ。周五郎さんの藩邸は火が入らなかったのよね」

「兄者の話ではどこも焼失はしていないように見えても、結構炎を被ったあとがあるそうだ。まあ、住むのに不都合はあるまい」

「どうだったの、周五郎さんのお客さんは」

「それがしの客は紙緒の下駄や草履だ。さっさと買っていってくれる。それにしても火事はすべてを燃やし尽くすものだな」

と焼け跡を改めて見た周五郎が感動したような声音でいい、ふと思い出したか、

「そうだ、玄冶店の親分が、杉森新道《すぎのもりしんみち》の長屋に住んでいた与助どのとおみつどのと弟妹は、川向こうの本所の裏長屋に住まいしておると言っておったぞ」

「おみつちゃん一家も無事避難したのね、よかった」

「早く決断したでな、新大橋を幸運にも渡ることができたそうだ。長屋は与助どのの親方の知り合いとか」

「元気ならばまた会えるわね」

と応じながら去年の暮れにみつを始め、妹や弟たちの下駄に周五郎とふたりして鼻緒を挿げて渡したが、履物に苦労していないだろうかと佳乃は思った。

「佳乃さん、八頭司さん、昼餉が届いていますぞ」

宮田屋の一番番頭の勇太郎がふたりを呼んだ。

「ただ今参ります」

昼の刻限、船店は商いを止めて半刻ほど休息した。

この休みの折に浅草寺門前で読売「江戸噺あれこれ」を営む主にして書き方の滋三《しげぞう》が船商いの繁盛ぶりを見にきた。そこで大番頭の松蔵が応対することにした。

「宮田屋さんさ、どえらいことを考えなすったね、大番頭さんの知恵かえ」

「あなた、読売に書くつもりですかな」

「いけないかえ。だってこたびの大火事、どこも家人が焼け死んだ、商いが立ち行かなくなったなんて暗い話ばかりですよ。そんな照降町でさ、大火事からさほどの日にちも経たないうちにこの商いだ。災難に遭った人々を元気にする話じゃないか」

「まあ、そうですな」

「読売に取り上げたらさ、被災した江戸っ子を勇気づけられますよ」

しばし考えた松蔵が、首を捻った。

滋三は話の持って行き方を変えた。

「大番頭さんがこの商いを思いついたかね」

「いえ、違います」

「だれですね」

「当人の名は今のところ読売に出したくないのですがな。もし出すというのならばこの話はなしです」

「なに、名が出るとその者に害が、あるいは迷惑が及ぶかえ、大番頭さん」

「いえ、なにも悪いことをしたというわけではありません。ですが、鼻緒屋の若い女職人の知恵などと読売に書き立てられたりしたら世間がどう見ますかな、決してよくはございますまい」

「なに、鼻緒屋の女職人の知恵かえ、驚いたな」

さすがに老練な読売屋で直ぐに松蔵の言う意味を察した。船商いをするなかに女職人がいることを見てとっていた。

「大番頭さんの危惧ももっともだ。よし、こたびの読売には決して奉公人や職人の名を出さないということでさ、許してくれませんかえ。わしも照降町に悪しき噂が流れるような真似はしたくないからね」

松蔵は沈思し、

「おまえ様を信頼します、責めを負うのはこの松蔵ひとりです」

と言い切って読売に載せることを許した。それは照降町の復興の足掛かりになればと考えたからだ。だが、佳乃を始め、奉公人にも職人にもしばらく話さないことにした。

宮田屋では深川入船町の別邸の女衆が拵えた昼餉を船で運んできていた。握り飯と、大鍋で煮込んだ具沢山の汁物だった。

「荒布橋からぐるりと江戸の街並みが見渡せるなんてことは二十三年前の文化の丙寅《へいいん》の火事以来ですよ」

松蔵が滋三に言い、

「大番頭さんよ、元の江戸に戻るには何年かかりましょうな」

と読売屋が大番頭に質した。

「なんとも言えません。そうですな、少なくとも四、五年はかかりましょう。えらい損害ですよ、とはいえ」

と松蔵が声を潜めて、

「うちは女職人とお侍の見習職人に救われました。ここだけの話にしてほしいがお陰様で二日目の船商いも結構な売り上げでございます」

と言葉を添えた。

「佳乃さんや、そなたへのお客さんの花代まで売り上げに加えんでくだされ。茶屋の女将さんはそなたに心付けを渡されたんですからな」

昼餉の場で松蔵が言った。

「いえ、それはやはり納めてくださいまし。こちらでは鼻緒を挿げることだけを考えとうございます」

佳乃が大番頭の提案をやんわりと拒んだ。

「そうですか。それより鼻緒屋のふたりの船商いの賃料を決めないといけませんな。その折、旦那様と相談して色をつけさせて頂きます」

「お任せいたします」

と佳乃が答えて、その話は済んだ。

しばし握り飯を黙々と食していた松蔵が、

「明日から若狭屋さんの船商いが加わります。賑やかになりますで、明日はうちもいっしょに商いをしようと思います。ですが、明後日は佳乃さんも懸案があるし、うちは船商いを休みませんか。品を揃えておく日も要りますでな」

船商いを先行した余裕か、言った。

「懸案と申されますと、吉原行ですね」

「さよう、雁木楼《がんぎろう》の梅花《ばいか》花魁から三枚歯下駄の注文を受けたままでしたな。その返事を佳乃さん、しましたかな」

「いえ、未だ。下駄の工夫をなしてからと思うております。そうですね、進み具合なり、お伝えするのが礼儀でした」

と佳乃が申し訳なさそうに言い、昨日、因速寺の納屋に下駄職人の伊佐次が訪れたことを周五

郎に告げた。すると、

「昨日、船商いを見ていた細身の職人じゃな」

と周五郎が即答した。

「伊佐次さんは下駄職人としては四代目でしてな、往々にして職人は頑固なところがありますが、伊佐次さんは考えがさばけた人ですよ」

「そう、この船商いを見ていたの」

「船商いというより師匠、そなたの手の動きを見ておったな」

「伊佐次さんに比べたら、わたしの鼻緒挿げなんて素人同然でしょうに。でも、伊佐次さんと仕事が出来るのは楽しみです。とにもかくにも花魁の三枚歯、わたしも伊佐次さんも初めて挑むことですよね。梅花花魁の満足がいく三枚歯ができるかどうか」

「幾たびか伊佐次さんと話し合いをしながら作ればきっと梅花花魁を喜ばすものができましょうな。されど、三枚歯は、廓の外では売れませんがな」

と松蔵が言った。伊佐次の親父やじい様が三枚歯を作ったことがあったはずだということを、松蔵は佳乃には告げなかった。女職人として後世に名を遺すためになんとしてもきちんとした育て方をしたいと思っていた。ちやほやしてもいけないし、萎縮させてもいけないと松蔵は考えていた。

「大番頭さん、明後日、いくらか履物と鼻緒を持参しましょうか」

「花魁衆も喜びましょう」

と言った松蔵が、

「どうですね、明後日は手代の四之助をつけますで、八頭司さんと佳乃さんの三人で吉原にお出でなされ」

「ほうほう、師匠と四之助さんとそれがしの三人でござるか。まあ、それがしの役目は荷運びじゃでな。それでも吉原は二度目、裏を返すことになるのかのう」

「八頭司さん、出入りの職人や商人がいくら大門を潜ろうと裏を返すとはいいますまい」

と松蔵が笑った。

この二日目も昼までの売り上げは、初日の商いとほぼ同じくらいであった。

「宮田屋の奉公人としては、この船商いを思案した佳乃さんには足を向けて寝られませんな」

と満足げに松蔵が笑った。


翌日、佳乃は因速寺で花魁衆の好みに合わせて下り物の下駄に鼻緒を挿げて過ごした。そして、その次の日、幸次郎が猪牙舟で迎えにきて前日に挿げた下駄や借りていた三枚歯を積んで鎧ノ渡し場に向かった。

「よしっぺよ、やっぱりよ、おまえさんがいない宮田屋は初めて船商いに加わった若狭屋の勢いに押されてしまったそうだぜ」

「幸ちゃん、それはわたしがいないせいじゃないわ。宮田屋さんは三日目の船商いよ。お客様としては、新しい船店を訪ねたいというのが本心じゃない」

「いや、船店によしっぺがいて女衆の鼻緒を直すのと男の職人ばかりなのとじゃ、船商いの趣きが違うんだよ」

と言い切った。

「そうかな、わたしがいたからって商いが変わるわけじゃないわ。幸ちゃんたら、吉原と勘違いしていない」

「そうでもねえよ。といっても今日は若狭屋だけの船商いだよな、なんとなく昨日に比べ景気が悪いんだよ」

しばし佳乃は思案したが考えは浮かばなかった。

「難しいわね、客商いは」

「おお、まして大火事のあとの江戸でものをどう売るか。どこのお店も生き残りに必死よ。うちだって船宿に運よく火は入らなかったがな、江戸が燃えてしまったんだ、客はいねえよ」

と幸次郎が言った。そして、懐から二つ折にした紙片を、

「ほれ、これを読んでみな」

と佳乃に突き出した。

「なんなの、まさか」

「まさか、どうしたって」

「幸ちゃんたら、出戻り女に付文《つけぶみ》」

「よしっぺに付文な、そんな手があるか」

佳乃が開くと読売だった。

「今日、売り出された読売だ。照降町の船商いの賑わいが書いてあるんだよ」

と言われて佳乃は猪牙舟の胴ノ間に座して読売を一読した。そして、黙って幸次郎を見上げた。

大男が艫《とも》で櫓を漕いでいるのだ、見上げるしか手はない。

「よしっぺは読売屋から話を聞かれたか」

佳乃は首を横に振り、

「大番頭の松蔵さんが読売屋と話したんだと思うわ」

「よしっぺの名も八頭司さんの名も載ってねえ。だがよ、ふたりが船商いの二枚看板って感じの書き方じゃないか。あの界隈の人間ならよしっぺと周五郎さんと直ぐ分るな」

「大番頭さんは照降町の復興のために読売に応じたのかしら」

「まず間違いねえ。照降町の名が江戸に広まるのは商いをする人間にとって大事なことだからな。同時によ、松蔵さんがよしっぺの名を出さなかったには曰《いわ》くがあると思うな」

「曰くってなに」

「おれの勘だぜ。よしっぺの名が読売なんぞに載ってみな、照降町の住人だって、いいと考える人ばかりではあるめえ。妬みなんぞで悪く受け止める人も必ずいる、それが世間よ。だから、松蔵さんは、よしっぺの名を出さなかったんだよ。そして宮田屋の名も白分の名もな」

「分ったわ。大番頭さんに会ったらどういえばいいの」

「お互いに知らんふりが一番だな」

と幸次郎が言い切った。

鎧ノ渡し場に周五郎と四之助が待っていて、直ぐに猪牙舟にふたりが乗ってきた。

周五郎はもはや吉原会所で正体が知られているので着流しの腰帯の左に刀を一本差しにしていた。四之助は手代の形でなんとなく上気していた。

「どう、若狭屋さんの船商い」

若狭屋と宮田屋は同じ下り物が主な履物屋とはいえ、京での仕入れの問屋が違うせいで品の雰囲気が違っていた。

「やはり佳乃さんのいるうちの勢いとは違いますね。いまひとつ、客足が少ないかな。明日、佳乃さんは船商いに出ますよね」

「今日の吉原次第ね。急ぎの注文があれば、深川黒江町の寺で仕事することになると思うわ」

「そうか、本日次第か」

四之助は吉原商いも大事だが、明日の宮田屋と若狭屋の船商いには佳乃が加わってほしいという顔をしていた。

「吉原のことはおりゃ、知らねえ。だがよ、明日はこれまで以上に大勢の客が荒布橋の船商いに集まるぜ」

と幸次郎が言い切った。

「ほう、なぜかな、幸次郎どの」

「周五郎さんよ、読売を読んだか。あの中に明日にはよしっぺとお侍さんのふたりが姿を見せるはずと書いてなかったか」

「わが師匠もそれがしも名は出ていなかったな」

「それが読売屋の手なんだよ。明日はよ、吉原でよほどのことがないかぎり、よしっぺに船店で仕事をしてほしいと大番頭さんは願うだろうな」

と船頭の幸次郎が言い切った。

「われら、奥山の見世物小屋の見世物のようじゃな」

「そういうことよ、八頭司周五郎さんさ」

ふたりの問答に佳乃は口を挟まなかった。だが、そんなことがあるかしら、と考えていた。

第三章　七人の花魁

一

京町二丁目の老舗の大楼、雁木楼に三枚歯の下駄を入れた木箱を佳乃が両手に抱えて向かい、いささか上気した体《てい》の手代の四之助が、前日佳乃が鼻緒を挿げた下駄や草履を包んだ風呂敷包みを背負って従った。

二度目になる八頭司周五郎は、今回も吉原会所にて佳乃と四之助の帰りを待つことになった。

会所の若衆頭の成次郎が、

「お侍さんは鼻緒屋の見習職人をまだ続けていなさるか」

と問うた。

「大火事にて照降町の店はすべて焼け失せてしもうた。そんな折にそれがしだけ逃げ出すわけにはいくまい。微力ながら復興に力を貸すのが照降町に世話になった人間の務めであろう」

と応じた。

「読売で知ったが、照降町の御神木の梅をおめえさんら主従は命を張って守り抜いたってね。そんなことまでしてのけた主従なんてよ、江戸広しといえどもおめえさん方だけだぜ。吉原の客に話したら、おめえさん方の名前まであげてあれこれと喋ってくれたぜ。そうなると読売は大した話を書いてねえな、ともかくおれたちはぶっ魂消たぜ」

「若衆頭どの、御神木を守ったのは照降町の住人すべての力でござってな。お客方の噂話に惑わされて勘違いめさるな」

「勘違いめさるなって、御神木に我が身を帯で括《くく》って水を被り続けた女は、いま雁木楼を訪ねている若い女職人だけだろうが、他に女が加わっていたのか」

「それはおらぬな」

「ならば、おめえさん方主従が先頭に立って御神木を守り通そうとしたのを照降町の男衆が手助けしたんじゃないか」

「まあ、そう読売に書いてあったようだな」

「書いてあったようだなって、まるで他人事だな。ともかくだ、あの大火事で照降町が名を上げたことは確かだ。それに船商いをしてさ、大勢の客を集めているってね」

「若衆頭どのはわれらの知らぬことまであれこれと承知でござるな」

と周五郎が問い返した。

「あの読売を書いたのは浅草寺門前の読売屋だ。この吉原会所とも因縁のある読売屋でよ、読売に書けなかったことまで教えてくれるのさ」

「そうでござったか。ともかくこの界隈はあの炎の餌食にならんでなによりでござったな。いやはや、一応侍の出のそれがしが幾たびも死を覚悟したほどの猛炎でござった」

「大火事で焼け死ななかった馴染み客が廓にきて恐ろしい話をしていくぜ。おめえさん方はよう頑張りなすった」

と褒めてくれた。

「そのようなわけでござる。照降町の見習職人であれ、命を張って働くのが男《おのこ》というものでござろう。それにしてもあの大火事に見舞われ、生き残ったお方が廓に登楼なさるか」

「馴染み客がさ、厄落としとかなんとか理屈をつけて遊びにきなさるな。まあ、遊女もこのときとばかり見舞いの文を文遣いに持たせるからね」

と成次郎が答えた。


そんな刻限、佳乃は雁木楼で花魁の梅花に会っていた。四之助は、荷を梅花の座敷に運ぶと階下に降りて待たされた。

「佳乃さん、礼を申します。ありがとうございました」

と梅花はふたりになったとき廓言葉を使わず、佳乃に礼を述べた。

「花魁、なんぞ礼を申される行いをなしたた覚えがわたしにはございません」

「ございます」

と梅花が打てば響く感じで言い切った。

佳乃が首を傾げて思案していると、

「佳乃さん、そなた、あの大火事の折、照降町で命を張って御神木を守りなすったそうな」

と梅花が言った。しばし間を置いた佳乃が、

「読売で読まれましたか」

と問い返した。

「読売も読みました。とはいえそれだけではございません。馴染みの客人が照降町の若い女職人とお侍さんの主従の、命を張った行いを詳しく話していかれます」

とこちらでも同じ話になっていた。

「照降町の人間ならば当然のことをなしたまでです。それより火事の後始末を言い訳にしたくはございませんが、三枚歯の相談をうけたままお返事をしていないことをお詫びします。申し訳ございませんでした」

佳乃は両手をついて頭を下げた。

「佳乃さん、お顔を上げてくださいな。私の命を佳乃さんとお侍のお弟子さんは助けてくれました。そのお方から詫びられるとこの梅花の立場がございません」

「どういうことでございましょう」

と応じながら思案した佳乃が、

「もしや照降町の御神木の梅を花魁は承知ですか」

と尋ねてみた。

「幼い折に母親に連れられて荒布橋の梅の花を見物したことがございます。白梅の清々しさをい

まも覚えています」

梅花は言外に、生まれが江戸であることを告げていた。だが、佳乃のほうからそれ以上梅花の出自を質すわけにはいかなかった。禿《かむろ》の歳から吉原に売られたのには深い事情がなければならない。

「そうでしたね、花魁の源氏名は梅花さんでございました」

「そう、私の名の謂《いわ》れの御神木の梅に佳乃さんはひと晩すがって水を被りながら炎から守ってくれました」

「もしやして花魁の本名はお梅《うめ》さんと申されますか」

佳乃は思い付きを口にした。

「母は照降町の梅の木から私の名をつけたそうです。梅が香ると書きます。これから佳乃さんと私ふたりの折は、佳乃、梅香《うめか》の間柄ですよ」

と梅花こと梅香が言い切った。

「有り難いお言葉です。花魁にそう思って頂いたとしたら、うれしい話にございます」

「はい」

と梅花の返答は、この話は終わったと告げていた。

「花魁、先日、三枚歯をお預かりしたままお返しに上がれず申し訳ありませんでした」

佳乃は箱に納めていた三枚歯の下駄を出して布に包んだまま、梅花の前に置いた。

梅花が凝視した。

佳乃は思案して選んだ新しい鼻緒の三枚歯の下駄を包む布をとって梅花に見せた。

「あぁー」

と梅花が驚きの声を上げた。

「私の三枚歯の鼻緒を挿げ替えてくれましたか。青紅葉がなんとも清らかです」

「前の鼻緒がよければ、いつでも挿げ替えます」

「いえ、今夕の花魁道中は青紅葉の三枚歯で外八文字を踏みまする」

梅花の言葉に頷いた佳乃が、

「下駄職人の伊佐次さんが同じ大きさながら少しでも軽い三枚歯をただ今工夫しております。下駄の歯底は軽くならないように創意してもらいます。とは申せ、梅花花魁の注文がなにより大事です。改めてお聞きします、思い付きでもようございます、なんぞご注文がございませんか」

「佳乃さん、新しい三枚歯下駄をお願いしたのは、この大火事直後のことでした。出来ることならば、江戸の人々がこの梅花の三枚歯下駄を見て、『おお、梅花も頑張っているな、おれたちも精出して大火事の前の江戸に一日も早く戻そう』と思える三枚歯を作ってくだされ。注文はそれだけです」

曖昧なだけに難しい注文だった。

「花魁」

「梅香です、佳乃さん」

「いえ、ただ今の問答はお客様と職人の話です。花魁と呼ばせてくださいまし。梅花花魁の好みに合うかどうか、この次お会いする折は、試しに造った三枚歯下駄をお持ちします」

「待ち遠しゅうございます」

「仲之町で花魁道中も結構ですが、できることなれば照降町で花魁に新しい三枚歯を履いて外八文字を披露してほしゅうございます」

「大門の外で花魁道中など、わちきら花魁には許されませんが、やってみたい」

と悲し気に応じた梅花の眼差しになにか夢が宿った感じがした。

階下から遣手が、

「よその楼の花魁が見えましたえ、梅花花魁」

と言う声がして、佳乃と梅花は三枚歯下駄を急いで仕舞い、その代わりに新しく鼻緒を挿げた履物十数足を佳乃が座敷に並べた。

「おいつさん、花魁衆をこちらへご案内してくださいな」

最初に梅花の座敷に上がってきた三浦屋の高尾花魁が『花緒』の挿げられた下駄を見て、

「まあ、お花畑に迷い込みましたよ」

と驚きの声を上げた。

「梅花さん、やっぱり男の職人衆の選んだ鼻緒とは違いますね」

と高尾がいい、金黒漆塗りの台に本天鵞絨《びろーど》の鼻緒を挿げた下駄を手にした。

素顔の折は花魁同士で吉原言葉では話さないようだ。

「高尾花魁、どれでも気に入った履物を試してくださいまし、鼻緒はこの場で手直し致します」

との佳乃の声に花魁衆六人がそれぞれ好みの下駄や遊女が廊下などで履く上草履を手にした。

花魁に従って二階の廊下まで上がってきた四之助は、素顔で浴衣姿の花魁衆に圧倒されたか、声が出なかった。

「佳乃さん、この若い衆を使うてよろしいか」

と梅花が言った。

「どなたか、呼びなされますか」

「はい。あなたとな、あの炎の中でひと晩過ごしたお侍さんの職人を呼びに行かせとうございます」

と梅花が佳乃を見た。

「会所の頭取四郎兵衛《しろべえ》様のお許しを得たうえになります」

佳乃が当然の言葉を添えた。すると梅花が、

「手代さん、四郎兵衛様に雁木楼の梅花の願いといいなされ」

と四之助に命じた。

それにしても文政期を代表する花魁七人が顔を揃えていた。壮観というべきか、華やかというべきか。

「佳乃さん、でしたね」

と高尾が佳乃の名を確かめ、

「お侍さんの弟子はいかがです」

と尋ねた。

「最初、わたしのお父つぁんの弟子に自ら頼み込んでなったそうです。わたしは、ばかな男に騙されて照降町を三年ほど留守にしておりました。初めて会った折、うちにお侍さんの見習職人がいるのに仰天しました」

花魁とはいえ若い女たちだ。まして客の前ではない。女職人相手ということもあり寛いだ花魁たちに、佳乃は打ち明け話をした。

「西国大名の重臣の次男坊だったわよね、遊び人か堅物ね」

と言ったのは江戸町一丁目の大籬《おおまがき》杉埜楼《すぎの》の初川花魁だ。客から周五郎の話を聞いたのか、読売で読んでそう察したか。そのとき、階段に足音がして、

「師匠、それがしをお呼びとか。堅物の見習職人ただ今参上仕りました」

と廊下に座した周五郎が七人の花魁衆に落ち着いた仕草で頭を下げた。


昼見世が始まる直前、佳乃、周五郎、四之助の三人は山谷堀が大川と合流する今戸橋に待たせていた幸次郎の猪牙舟に乗った。

「よしっぺ、どうだったえ、商いはよ」

佳乃は黙って周五郎を見た。幸次郎の問いに応じよと佳乃の目が言っていた。

「幸次郎どの、そなた、素顔の花魁七人に囲まれたことがござるかな」

「なに、花魁七人だと、ひとりだって向き合った覚えはねえな。でえいち花魁は猪牙舟に乗らな

いもんな」

「なにゆえかそれがしが座敷に呼ばれた」

　と周五郎がいい、

「どういうことだよ。見習職人が花魁のおみ足なんぞに触れたか」

「幸次郎どの、それはいささか不謹慎でござろう。もしさようなことをなしたら、それがし、今ごろ吉原会所の柱に縛られておろう」

「だよな。ほんとうに妓楼に呼ばれたのか、周五郎さんよ」

「最初に雁木楼に佳乃さんといっしょに行ったのは私です。でも、花魁のひとりに使いに出されて八頭司さんと交代させられました。私、ちょっと花魁の座敷に上がっただけで圧倒されて、物もいえぬほど疲れ果てました」

　四之助の言葉にふーん、と鼻で応じた幸次郎が、

「それほど侍の鼻緒職人見習が花魁衆には珍しいかね」

「まあ、珍奇な獣を見るまなざしというてよいか、普段花魁衆がお付き合いする豪商の旦那衆とは違い、元部屋住みの鼻緒職人ゆえな、珍しいのであろう。幸次郎どの、そなたと代わればよかったかのう」

「じょ、冗談いうねえ。おりゃさ、小見世のさ、女郎あたりが気兼ねなしでいいな。でえいち、花魁の花代っていくらだ、周五郎さんよ」

「部屋住みの身がさようなことを知るわけもござらぬ。いつも船頭は耳年増と自慢の幸次郎どの

のほうが承知であろう」

「吉原帰りの猪牙に乗る連中なんて、話を膨らませた自慢話ばかりよ。実際にいくら使ってよ、女郎が姿を見せなかったかなんてだれも喋らないもんな」

「さようか、遊客も大変じゃな」

「そうか、周五郎さんは客じゃないから気楽なんだ」

「違います」

と四之助が声を張り上げた。

「どうした、手代さんよ」

「客じゃないのは私もそうです。だけど、私は花魁に追い払われて八頭司周五郎さんにとって代わられたんです」

「それはさっき聞いたよ」

「だから、幸次郎さんは素顔の花魁の凄さを知らないんです。それも七人ですよ」

「つまりよ、周五郎さんはなんのために呼ばれたんだ」

「ゆえに申しておる。それがし、佳乃さんが花魁の下駄の鼻緒を合わせる傍らで、花魁の話し相手をしていただけじゃ」

「それが私にはできません」

と四之助が言った。

「同じ話の繰り返しね」

最前から黙っていた佳乃がようやく口を開いた。

「幸ちゃんの頓珍漢も四之助さんの悔しさも分るわ。ともかくわたしたちが会った花魁衆は、妓楼という座敷が戦場《いくさば》なのよ。毎晩そんな修羅場を潜っている手練手管の持ち主ばかりだと思うの。ところが周五郎さんは花魁衆にとって、楼の奉公人でもなければお客人でもない。鼻緒屋の見習職人で、かつお侍さんでしょ。最前ご当人がいったけど、珍しき御仁なのよ。花魁衆は、八頭司周五郎って人を自分たちと同じく身を売って生きている人間だと嗅ぎ分けたんじゃないかしら」

「よしっぺのいうことがよく分らないな。ただ今の周五郎さんはたしかに吉原で遊ぶほどの金を持ってねえ。だが、一番好きな生き方をしている御仁だ、そんなさ、周五郎さんの生き方に花魁衆は憧れを抱いたと思わねえか」

幸次郎の言葉に手代の四之助がうんうんと頷き、

「幸次郎さんの考えがよく分るな。私、もう吉原はようございます、七人の花魁衆の素顔を見られただけで十分です」

「おうさ、そりゃ、いい考えだ。おりゃ、未だ花魁衆の素顔や素足を見てねえもんな。よしっぺ、次の折はおれを従えて雁木楼に登楼しねえか」

と真顔で言った。

「こら、幸ちゃん、そんな魂胆の男はさ、遣手の女衆が塩を撒いて大門外に追い返されるよ」

「そうか、スケベ心はダメか」

「子規の窓」©大高郁子

●幼い友情と記憶、忘却、罪をめぐる圧巻の物語

琥珀の夏

辻村深月

発見された子供の白骨。30年前の記憶が蘇り、忘れて大人になった者と取り残された者はやがて法廷へ。注目の著者、新たな代表作！

◆6月9日
四六判
上製カバー装
1980円
391380-3

●佐伯作品新シリーズ、単行本でも連続刊行中！

梅花下駄《ばいかげた》

照降町四季《てりふりちょうのしき》（三）

佐伯泰英

江戸を焼き尽くした大火を乗り越え、復興に向け知恵を出し合う照降町の人々。佳乃と吉原の花魁・梅花が仕掛ける前代未聞の企てとは？

◆6月8日
四六判
上製カバー装
2420円
391381-0

●「マカン・マラン」著者が描く感動のファミリーヒストリー

星影さやかに

古内一絵

非国民の父と軍国少年の息子。父が残した日記から浮かび上がる真実とは。宮城県古川を舞台に描く戦中戦後を懸命に生きた家族の物語

◆6月10日
四六判
上製カバー装
1870円
391382-7

●石原、猪瀬、舛添……歴代都知事の人物評付き

ハダカの東京都庁

澤 章

小池都知事の会見で指名されるのはお気に入りの記者ばかり。巧妙になる天下りの実態……元幹部が、実際に見て聞いた、都庁のすべて

◆6月10日
四六判
並製カバー装
1540円
391384-1

●最新ビジネスモデルは江戸に学べ

400年前なのに最先端！

江戸式マーケ

SDGs、サブスクリプション、フリーミアム——答えはぜんぶ〈江戸〉にあった。江戸時代の12人

6月10日
六判
製カバー装
1760円
391385-8

◆発売日、定価は変更になる場合があります。
表示した価格は定価です。消費税は含まれています。

遺
野村克也が最後の1年に
飯田絵美

と結婚して幸せだったのか」……
誰にも語らなかった名将の本音

◆6月2
四六判
並製カバ
1980
39132

他者の靴を履く
アナーキック・エンパシーのすすめ

●〈多様性の時代〉のカオスを生き抜くための本

ブレイディみかこ

「意見の異なる相手を理解する知的能力」エンパシーをめぐる思索の旅。〝負債道徳〟からジェンダーロールまで思い込みを解き放つ！

◆6月28日
四六判
仮フランス装
1595円
391392-6

オリーブオイルで とろけるやわらか野菜

●オリーブオイルをたっぷり使った健康長寿レシピ

朝田今日子

長寿で知られるイタリア・ウンブリア州に長年暮らした著者が、おいしすぎてたくさん食べられる野菜料理を伝授。野菜不足をV字回復

◆6月24日
A５判
並製カバー装
予価1760円
391376-6

アンダーズ〈里奈の物語〉 1巻

●ファミレスで少女達は今を〝売る〟――

原作 鈴木大介　作画 山崎紗也夏

『最貧困女子』などの著者、鈴木大介の初小説『里奈の物語』を、『サイレーン』『レンアイ漫画家』などを描いた山崎紗也夏が漫画化

◆6月24日
A５判
並製カバー装
990円
090102-5

幕末

●司馬遼太郎、待望の初漫画化！

原作 司馬遼太郎　作画 森 秀樹

動乱の時代を彩った志士達の生死を活写した司馬原作から「桜田門外の変」と「花屋町の襲撃」の二編を偉才・森秀樹が劇画化

◆6月24日
B６判
並製カバー装
990円
090103-2

「疫病神」の最強バディ、凶弾に倒れる！

泥濘《ぬかるみ》

黒川博行

1023円
791700-5

復興のアイデアを出し合う人々。感動ストーリー

梅花下駄《ばいかげた》

照降町四季《てりふりちょうのしき》（三）

佐伯泰英

825円
791701-2

人気作家6人の豪華すぎるアンソロジー！

神様の罠

辻村深月 乾くるみ 米澤穂信 芦沢央 大山誠一郎 有栖川有栖

825円
791702-9

江戸のカラーコーディネーターが大活躍！

「強さ」を求める二人の熱き青春小説！

立ち上がれ、何度でも

行成薫

935円
791707-4

本当の悪人は誰なのか——。不朽の名作、登場！

悪人

吉田修一

990円
791708-1

群さん、人生最大のピンチ!?

ヒヨコの猫またぎ〈新装版〉

群ようこ

748円
791709-8

娘役から極道まで、時代を先取りした仕事人生！

美しく、狂おしく 岩下志麻の女優道

春日太一

880円
791710-4

当事者が語る 堤一族 悲劇の真相

「ダメに決まってるわ」

「とするとやっぱり周五郎さんで決まりか」

「いや、それがしも珍奇な獣扱いは一度で十分でござる。むろん花魁衆も一度で懲りられたであろうがな」

「そうでもないのよ。帰り際に梅花花魁に、次の機会は最初からわたしと周五郎さんで来なさいって囁かれたわ」

「ふーん、周五郎さんとふたりね、船頭風情じゃダメか」

「鼻緒屋の見習職人じゃぞ、それがし」

「だよな、そこがな、どうも妙なんだよ」

と幸次郎が言い、櫓に力を入れると大川の流れに乗せて、ぐいぐいと下っていった。

二

一行が戻ってきたとき、荒布橋の若狭屋の船店にはそれなりの客が集まって履物を選んでいた。その中の魚河岸の兄さん株のひとり歌吉から、

「今日は休みじゃなかったのか。よしっぺはよ」

と声がかかった。

「おお、こちらでは商いはしねえがよ、吉原に出張って花魁衆相手に商いしてきたのよ」

と幸次郎がまるで自分が商いをしてきたかのように答えた。

「幸次郎、おめえは中洲屋の船頭だな」

「へえへえ、歌吉の兄さんよ、おりゃ、船頭よ。そんな縁で山谷堀の見返り柳で荷を揚げてよ、幼なじみのよしっぺ一行を見送ったのよ」

「なんでえ、いつもの船頭をしていただけじゃねえか。おりゃ、よしっぺに聞いたのよ。船頭のおめえがあれこれ口を出すねえ」

「そりゃすまねえ。おりゃ、たしかに商い違いだ」

「吉原のことを船頭の幸次郎に聞いても致し方ねえ。鼻緒屋のお侍さんよ、花魁衆の顔を拝したか」

「それがしも荷運びにござる。吉原会所でわが主が妓楼に出ていくのを見送り、会所の広土間の掃き掃除などをしておりましたでな、商いの様子はとんと分りかねます」

と周五郎が面倒な問答を避けるために虚言を弄した。

「おれが聞いてんのはおまえ様が会所の掃き掃除していた話じゃねえや。花魁に会ったかと聞いてんだよ」

「それがし、大楼に上がる金子など持ち合わせておりませんでな、花魁がどなたか分りませんな」

「どれもこれも頓珍漢の返答ばかりしやがるぜ。残るは宮田屋の手代の四之助さんよ、おめえがよしっぺに同道して花魁の相手を務めたか。どうだい、花魁の素顔はよ」

花魁格の遊女は昼見世に出ることはない。だから、客は花魁筋だと歌吉は踏んだらしい。

「はい、私、大籬の妓楼の二階座敷に上がるのも初めて、浴衣姿の花魁衆の七人を見たのも初めて、ぼうっとしてなにがなにやら分りません。あまりぼうっとしているので、花魁のひとりに吉原会所に帰されました」

「なにっ、そんな極楽から会所に放逐か。若いおめえさんじゃ、まともに花魁の素顔なんて見られねえしよ、仕事にならねえな」

「はい、仕事になりませんでした。歌吉兄さんは花魁七人に一瞬でも囲まれたことがありますか」

歌吉の言葉に四之助が反問した。

「自慢じゃねえがな、こちとらは魚河岸の兄さんだ。鯛や平目に囲まれたことはあるが花魁七人なんてあるわけないだろ。四之助さんよ、一瞬でも極楽を見たんだ。おめえ、運をすべて使い果たしたぜ」

「えっ、私にもうこの先運は残ってませんか」

ねえな、と言った歌吉が、

「よしっぺ、この次は野暮天の男どもなんぞを連れていかねえで、吉原の裏も表も知り尽くしたおれ、この歌吉を供にしねえな」

「男衆はどなたも花魁衆に口も利けないってことが分りました。歌吉兄さんも鯛や平目を相手にしていなさいまし」

佳乃にあっさりといなされた歌吉が去ると周五郎は幸次郎の舟から河岸道に飛んだ。すると宮田屋の二番番頭の嘉之助が船店で男物の鼻緒を挿げながら、

「大番頭さんは普請場におりますよ」

と照降町の奥の焼け跡を差した。

「師匠、そなたも大番頭さんに会われるな」

ふたりは御神木の梅の傍らで頭を下げてぽんぽんと柏手を打つと照降町を親仁橋のほうに向かって進んだ。すると鼻緒屋の跡地の片隅に土台石が積まれていた。その前で足を止めた佳乃が、

「ここに新しいお店と住まいが建つのね」

と感慨深げに呟きながら、新しく建つ鼻緒屋の間取りでも考えている表情を見せた。

「佳乃どの、棟梁に間取りの図面を渡されたか」

「宮田屋の大番頭さんを通じて届けてあるわ。あとは棟梁が細かいところを手直ししてくれるでしょ」

と答えた佳乃が宮田屋の普請場に向かった。

大番頭の松蔵は整地が終わり、土台石が置かれた敷地に色のついた細引きが張り渡された宮田屋の作業を見ていた。敷地には焼失した宮田屋の建物と同じ木組みの一部がすでに木場から運ばれており、筵《むしろ》の上に積まれていた。

「おお、佳乃さんに周五郎さんか、ご苦労さんでしたな」

と声をかけた松蔵が、

「蔵に参りましょうか」

とふたりを周五郎と医師の大塚南峰が寝泊まりする蔵に誘った。蔵の入口では宮田屋の見習番頭の菊三といっしょに職人衆が明日の船商いに出す男物の鼻緒挿げを行っていた。

「ご苦労さんでした」

と菊三に労《ねぎら》われた佳乃と周五郎は会釈を返して松蔵といっしょに土蔵の奥へと向かった。

「どうやら商いは順調だった様子ですね」

花魁衆の名に買い上げた履物の代金を記した書付を佳乃が松蔵に渡した。

周五郎が花魁の相手をしながら書き上げたのだ。それを見た松蔵が、

「若い手代では役に立ちませんでしたか。周五郎さんの手跡のようだ」

と言いながら売り上げの値を見て、

「すべて売り切りましたか。本日、うちは船商いをしませんでしたが七人の花魁衆がそれと同じだけ買ってくれました。有り難いことです」

と満足の声音を漏らした。

駿河産檜の下駄台に下り物の鼻緒だ。一足が一両、あるいはそれを超える値がするものもあった。各妓楼の花魁が七人集ったのだ、見栄もあり高い履物から売れて花魁に従ってきた新造たちがその場で支払った。

「こちらがその金子です」

「十三両二分ですか、見事な商いです」

と受け取った松蔵が、

「旦那様に売り上げを報告したあと、挿げ代と手間賃は明日にも支払いますでな」

と佳乃に言い、

「有り難うございます。お父つぁんが身罷り、薬代など支払いが減りました。挿げ代は月終わりで結構です」

「とはいえ、暮らしの金子は要りますでな」

と応じた松蔵が、

「梅花花魁と三枚歯下駄の話をできましたかな」

「はい。ふたりだけの折に話をしました。花魁は、お客衆が花魁道中を見て『おお、梅花も頑張っているな、おれたちも精出して大火事の前の江戸に一日も早く戻そう』と思えるような三枚歯を作ってほしいと、前にも言われた注文を出されました」

「どうやら梅花花魁と佳乃さんは気が合うようですね」

「花魁の信頼に応えられるようわたしも頑張って三枚歯を作ります」

と応じながら、青紅葉の鼻緒を挿げて本日返した三枚歯で花魁道中をする姿を思い浮かべた。だが、梅花がこの照降町も御神木の梅の木も承知ということや、江戸生まれということは口にすることはなかった。

「周五郎さんも花魁の信頼を得たようですな」

「八頭司周五郎様は実に奇妙な人ですね、大番頭さん。初めて会った花魁の前でふだんどおりの行いが出来る方なんて、そうおられますまい。七人の花魁衆も周五郎さんを快く受け入れてくれたと思います」

　ふっふっふふ
　と笑った松蔵が、

「たしかに当代の鼻緒屋の主従は奇妙なふたりですな。ですがな、梅花さんは佳乃さんと気が合うゆえ周五郎さんを雁木楼に招いて顔を見たいと思われたのではございませんかな。それに吉原会所での過日の周五郎さんの働きはすでに廓内で知られておりましょうしな」

「それがし、なんぞやらかしましたか。ああ、妓楼に上がり、飲み食いした上に財布を忘れたというて逃げ出そうとした勤番者たちの一件ですか」

「はい。吉原の遊女衆は大門の外に格別なことがなければ出ていけませぬ。ゆえに廓内の騒ぎが伝わるのはあっという間です。梅花花魁もあの話を承知で女職人の奉公人を見たかったのですよ」

　と言い切った。

「おや、それがし、吉原でそれほど名が知られておりますか」

「はい。佳乃さんと八頭司周五郎さんの主従のことは花魁衆の口から廓じゅうに広まります」

「驚きましたな。花魁衆もこちらが西国大名の家臣の次男坊、部屋住みであったと知ったらがっかりしましょうな」

「いえ、吉原というところ、大名諸家や大身旗本の主や留守居番、用人さんの類《たぐい》はいくらも客として出入りしましょう。この方々は自分の懐の金子で遊興するのではございません、なんぞ利欲のために接待するというと言葉はいいが、まあ、賂《まいない》です。賂される側の客と花魁衆は一夜をともにするのです。されど、佳乃さんと周五郎さんの主従は、同じ身分と思うておられるのではありませんか。花魁のどなたもが事情があって吉原に身売りし、全盛を極められた。八頭司さんの身の上をどこまで花魁衆が承知か知りませんが、譜代大名の重臣の次男様が鼻緒挿げをしておられる。そのようなお方に関心を持たれたのではないかと思いますがな」

周五郎は松蔵の言葉に、さもあろうかと思ったが、己が全盛の花魁と一緒に語られることになんとなく違和を抱いた。

「大番頭さん、最前、花魁衆とて大門の外には格別なことがなければ出られぬと申されましたが、格別なこととはどういうことでございますか」

と佳乃が口を挟んだ。

「まず馴染みの上客様に落籍される。花魁衆ならば、何百両、ただ今の梅花花魁ならば千両の金子を気ままに使える分限者にしかできませんな。もう一つは年季が明けた遊女が楼に借財がなければ大門の外に大手を振って出ていけます。されど、世間に戻った折、吉原の女郎だったという噂がついてまわることもありましょうな。ゆえに遣手や番頭新造として廓内に残る女衆が多いと聞きました。さて、佳乃さんも周五郎さんも吉原の出入りは大門しかないことを承知ですな。世間の女衆で大門を出入りできるのは、引手茶屋の女衆や髪結い、それに五丁町の裏に住む女衆などです。この女衆も吉原会所の出す切手や鑑札を持っていなければ出入りはできませんでな」

「大番頭さん、わたしは三度目ですがさような切手は持参していません」

「はい、ただ今吉原会所の頭取が佳乃さんの切手を拵えておられます。次の機会には渡されるでしょうな」

佳乃が頷いた。

「吉原が五丁町の遊女衆だけで成り立ってないことがお分りになりましたな。間男ができて、どうしても廓をぬけたい遊女が最後の手段になすのが足抜《あしぬけ》です。つまり髪結いなどに化けてとか、どなたさんかの切手を使ってとか、無断で大門外にでることです。これは吉原で一番無法な罪にございましてな、吉原会所は足抜を決して許しません。佳乃さん、次の機会に頂戴する切手は失くさないでくださいよ」

「はい、承りました」

と返事をした佳乃が、

「他に遊女衆が表に出ることがございますか」

とさらに尋ねた。

「若くても大門を出る方法は、廓内で身罷ることです」

「いえ、生きて半日ほど表に出ることがありましょうか」

「佳乃さん、なにを考えておられますな」

「いえ、ただ花魁衆の夢がどんなものか知りたいゆえにお尋ねしました」

佳乃の返答にしばし沈黙していた松蔵が、

「ただ今の梅花花魁なれば手立てがございます」

「ほう、どういう手立てにござろうか」

ふたりの問答に周五郎が加わった。

「墨堤《ぼくてい》の桜見の季節、あるいは紅葉狩りの時節、馴染みの上客に願い、それなりの大金をはたいてもらって半日船遊びをなすのです。梅花花魁を表に連れ出したとなれば世間で、通人とか粋な旦那と評判になりましょう。むろん花魁ひとりというわけにはいきません。花魁道中と同じように禿、新造、番頭新造、男衆を引き連れての遊びです、落籍する時ほどではありませんが、それなりの大金がかかります」

佳乃が頷き、

「よく分りました」

「なにが分りましたな、佳乃さん」

「大番頭さん、ただ今はなんぞ考えがあるかと問われれば、ございませんと答えるしかありません」

「まあ、ようございます。三年の修業で佳乃さんはあれこれと苦労をしたようです。なんぞ動くときは私に話して下されよ」

と松蔵が釘を刺した。

佳乃が頷き、

「われらも蔵にて挿げ仕事をなしますか、師匠」

と周五郎が話を締めた。

土蔵に仕事場を作り、佳乃と周五郎は並んで鼻緒挿げを始めた。とはいえ、佳乃が扱うのは女用下駄に下り物の鼻緒を挿げる高級品で、値が一分二朱から三分はした。ただ今の金額に換算して一万数千円から四万数千円か。

周五郎の紙緒の下駄は百文前後、精々千円の品だ。だが、周五郎にとって新しい下駄に新しい鼻緒が挿げられるのは、喜ばしいことだった。だから、時折、師匠の佳乃のトオシの使い方を見ながら手を抜かずに仕事をした。

「おお、ご一統、精を出しておられるな」

と大塚南峰が蔵をのぞき、両手を上げて伸びをしながら声をかけた。

「南峰先生、手すきになったか」

「おお、何刻と思うておる」

「さあてのう」

吉原から戻ってきたのがすでに八ツ半（午後三時）の刻限であったろう。

「七ツ半（午後五時）じゃぞ、そなたらもそろそろ仕事仕舞いをせぬか。佳乃さんや、大番頭どのが荒布橋で待っておられたぞ」

「えっ、大番頭さんをお待たせしておりますか」

と佳乃が慌てた。

周五郎が佳乃の手元を見ると、遊女用と思われる草履の鼻緒をほぼ挿げ終えようとしていた。

「それがしが大番頭どのにただ今参るというておく。明日もあるでな、無理をなさるな」

と言い残した周五郎が草履をつっかけて荒布橋に小走りで向かった。

若狭屋の船商いはすでに終わっていた。

御神木の梅の木の袂にふたりの武士が立っていた。

昔仲間の藪之《やぶの》内中之丞《うちなかのじょう》と宇《う》佐正《さしょう》右《え》衛門《もん》だった。

周五郎は幸次郎が船頭の猪牙舟に乗る松蔵に、

「師匠はいま参ります」

と声をかけると、ふたりに視線を戻し、

「なんぞ用か、そなたらとはもはや会う用事がないと思うたがのう」

「ございます」

と藪之内が即答した。

「どういう用件か、それがしには思い当たらぬ」

刀の柄に手をかけた宇佐を制した藪之内は周五郎が刀を差していないのを目に止めて、

「八頭司様、そなた様は、兄の裕太郎様の誘いで重臣派に与したそうですな」

と質した。

「正右衛門、兄者がこの照降町に来たのはたしかじゃ。だが、そなたらに断ったように兄者にもきっぱり断った」

「いや、そうではなかろう。藩邸ではそなたが重臣派についたと噂が流れておる。ならば、この場で斬る」

と宇佐が間合いを詰め、鯉口を切った。

「刀も差しておらぬ者を斬ってどうする気か。大概に目を覚ませ。それがし、旧藩とは一切関わりない」

「おのれ、虚言を弄して」

と詰め寄られた周五郎の右腕にすいっと刀の柄が差し出された。

周五郎は振り返らずとも佳乃と分った。

「正右衛門、もはやそなたの勝機は失せた。わが手には父から譲られた同田貫があるでな。よいか、中之丞、それがしがそなたらに告げた一言一句、虚言はない。それがし、この照降町の復興に全力を挙げる。藩の内紛に関わる余力などない、分ったか」

と周五郎が言い放った。

宇佐はまだ刀の柄に手をかけていた。

「正右衛門、大勢の人間がそのほうの行いを見ていることが分らぬか。大火事のあとの江戸府内で刀を振り回すことがどれほど愚行か考えたことがあるか。譜代大名とは申せ、そなたひとりの行いで藩が潰れようぞ」

藪之内が周りを見て、宇佐の腕に手をかけ、

「参るぞ、正右衛門」

と引っ張った。

ふたりが地引河岸の方角に姿を消したとき、

「佳乃どの、助かった。礼を申す」

と周五郎は礼を述べた。

佳乃は周五郎の顔を見たが、ただ小さく頷いただけだった。するとすっと幸次郎の猪牙舟が寄ってきて佳乃が乗った。

「気をつけて参られよ、幸次郎どの」

「ああ、おめえさんも忙しいな」

と言い残した幸次郎が竿を使い、猪牙舟を日本橋川に向けた。

三

いつものように宮田屋の女衆が用意した夕餉を、数人の男たちと女衆が一番蔵の前で酒を酌み交わしながら食した。

「八頭司さんや、未だ旧藩の内紛がそなたを悩ましておるようだな」

大塚南峰が周五郎に質した。しかめ面をした周五郎が、

「あれほど愚かとは、昔の朋輩の行いに呆れました」

と愚痴をこぼした。

「武家方もこの大火事で痛めつけられておろう。利得が少しでも多い側へと加担して己の立場をよいほうに図ろうとするのは人間の常だ」

「とは申せ、これまで南峰先生にも幾たびも申し上げましたが、それがし、藩を離れてゆうに二年が過ぎました。そんな者を味方に引き入れようとしたり、敵方に加担しておると誤解して付け狙うたりするのは、愚かな行為に過ぎませぬ」

「そなたは藩を離れたと考えていても父上も兄上も未だ藩の家臣であったな、そなたを味方に引き入れようとする工作は今後も続こう」

「迷惑です」

と周五郎が言い切った。

そんな南峰と周五郎の問答に宮田屋の奉公人たちが夕餉を摂りながら耳を傾けていた。すでに照降町の住人ならば承知のことだ。

「そなた、本日、佳乃さんに同道して吉原に行ったのであったな。こたびの大火事の被害を受けなかった官許の傾城町とはいえ、さすがに客はいまいな」

「それがそうでもないようなのです。かような場合ゆえ、遊女衆にもてると考える御仁がおるとか。それなりに繁盛しているそうで、その証にわが師匠が拵えた履物すべてを七人の花魁衆が購ってくれました」

「遊里は見栄の張り合いの場ゆえな、競って買い求めるのであろう。だが、履物を一足購えば、それだけ花魁の借財が増えようものを」

と南峰が言った。

「南峰先生は、結構遊ばれた口ぶりですね」

といっしょに吉原を訪ねた四之助が問答に加わった。

「わしが女房と所帯を持つ前の話よ。こちらは御典医になりたくてな、欲に目が眩んでいた若者じゃ、江戸でも長崎でも遊里を訪れなかったわけではない。どこも遊女は出世を望む者ほど、楼に借財があって身動きがつかぬことを知らされた」

「ということは梅花花魁も雁木楼に借財を抱えておりますか」

四之助が南峰に質した。

「梅花花魁は、ただ今全盛を極める花魁の三指のひとりであろう。巷の噂では賢いおなごとも聞く。おそらくこの大火事でさえ、びくともせぬ分限者や豪商の旦那を客にしておられよう。梅花花魁が落籍されたいと望まれれば、直ぐにも廓を出ることも叶おうな」

と南峰が四之助に推量を語った。

「南峰先生、この大火事で、どこも財産を失ってすってんてんですよ。梅花花魁を身請けする分限者がおられますか」

「手代さんや、大金持ちになるのは平時ではないぞ。戦があったり、かような大火事、地震、噴火などが襲い掛かったりする波乱の折だということを、そなた、知らぬか」

「えっ、こんな時に大金持ちに化ける者がおりますか。そういえば、うちも家屋敷から財産すべてを失った御仁を相手に商いしていますよね。旦那様はこの大火事で大金持ちになりましたか」

と未だ若い手代が南峰に問うた。

「あのな、手代さんや、船商いで履物を売っている商人の話ではないぞ、わしがいうのは、けた違いの大成金の話じゃ」

「どこの、どなたがかような折にさように大金を儲けておりますか」

「そなた、さほど大金持ちになりたいか」

「それはもう。大金持ちになれば梅花花魁のような女衆とも対等のお付き合いができましょう。ですよね、南峰先生」

「手代さん、大金を儲けるには元手がいるな。木場の材木商などは、平時から山買いをしてかような大火事のあと、大儲けすると聞いた。お店や屋敷を再建する商人相手に現金商売をしているはずだからな。履物を一足売るのとお店や家を一軒建てる材木を売るのでは桁が違おう、わしはそのことをいうておる」

「ああ、川向こうの木場に材木を持っておられる商人の話ですか」

「その他にもわしなんぞ貧乏医者が知らぬ、大金を稼ぐ御仁がこの世の中にはおるということよ。まあ、御典医になりそこなった町医者の知恵はこの程度のものだ。そうじゃな、このなかで大金持ちになれそうなものはひとりとしておるまい」

と南峰が言い切った。

四之助が周りを見回し、

「私はまず見習番頭に出世できるよう仕事に励みます」

「それがいいね、手代さんよ」

夕餉の仕度をしてくれた女衆が言った。女衆は宮田屋の二番蔵に寝泊まりして、普請場や船商いに携わる奉公人の賄いをしていた。

「おお、忘れておった」

と不意に南峰が二杯目の茶碗酒を愛おし気に飲みながら大声を張り上げた。

「どうなされた」

「そなたが吉原に行っておる間に、武村實篤先生がこちらに参られて、竹刀や木刀をおいていかれたわ。仮診療所においてある」

「なんと武村先生がお見えになりましたか。お会いできなかったのは残念です」

「そなたのことをお尋ねになったゆえ、吉原に行っておると申し上げたら、『なに、昼遊びに吉原へとな』と驚いておられたわ」

「むろん事情を説明なされたのでしょうな」

「おお、下駄の鼻緒挿げの見習が吉原で遊べるはずもありません。仕事で女主の供に従っていかれたのですと説明しておいた」

「先生、お分りになったかのう」

「まあ、仕事で大門を潜ったことは理解されたようだ」

「ようございました」

周五郎は誤解を招きかねない吉原行が仕事と承知されたようだと安心した。

「そういえば、道場を再興する話はなんぞ申されておりましたか」

「おお、それじゃ。鉄炮町の道場の敷地はもともと借地でな、地主はもはや剣道場に貸したくない様子の上に武村先生も道場を建てる費えの都合がつかぬそうな。再び自分の道場を持つなど無理じゃと諦められた」

と南峰が言葉をとめて茶碗酒の残りを飲んだ。

「先生、もう少し注ぎますか」

四之助が気を利かせた。

「いや、止めておこう。明日は八頭司師範と竹刀で打ち合いをなすでな」

と茶碗を置いた。

「最前の話じゃがな」

と南峰が周五郎を見た。

「道場がだめになった話に続きがありますか」

「ある」

と即答した南峰が、

「武村先生の道場の門弟は牢屋同心が多かったな」

「武村道場は、牢屋同心の五十人の大半が門弟ゆえ牢屋敷道場の趣にございました」

「それよ。牢奉行の石出帯刀どのが、表門の傍らの同心長屋と牢奉行屋敷の間の空地に道場を建てることを町奉行に献策されたところ、許しが出たとか」

「おお、それはようございましたな」

「最初は牢屋同心相手の道場主として武村實篤様が就かれて、実際の指導はこれまでどおりそなたがなしてくれぬかと相談に見えたのだ」

「小伝馬《こでんま》町の牢屋敷はどれほどの敷地にございますかな。それがし、外からしか見たことがございません」

「外から見たくらいでちょうどいい、あそこはな、二千六百七十七坪の広さじゃそうな」

「門弟は牢屋同心だけでござるか」

「となると牢屋敷に不逞の浪人者など門弟にとれまいな。これまでとさほど変わりはあるまい」

「師範はそれがしで宜しいので」

「そなたはこれまで実績があるでな、牢奉行の石出帯刀どのも承知されたそうだ」

「南峰先生は牢屋敷道場に出入りは叶いませぬか」

「いつかいうたな、牢屋敷にも牢屋医師が本道ふたりと外科ひとりがおる。外科医師はわしの弟子ゆえ、わしの出入りも許された。どうだ、八頭司周五郎、師範として務めてくれぬか。牢奉行所から給金は出ぬがな」

「むろん結構です。牢屋敷武村道場の師範を務めさせて頂きます」

と周五郎が承知し、問うた。

「武村先生はやはり娘御の嫁入り先の寺ですか」

「相変らず炎が入らなかった湯島切通《ゆしまきりとおし》の寺に仮住まいしておられるそうな。じゃが、そなたの返事を聞きに二、三日内にまた照降町を訪れると言い残して戻られた」

「となれば、明日からしっかりと朝稽古をせねばなりませんな」

とふたりの間で話が決まった。

武村實篤はどこで竹刀と木刀を手に入れたか、竹刀が三本に木刀二本が仮診療所の片隅に置かれていた。過日、因速寺で不逞の輩から取り上げた木刀が一本すでに蔵にあった。

「どうだ、四之助さんや、われらといっしょに朝稽古を致さぬか。朝めしがうまいぞ」

「剣術《やっとう》の稽古ですか、過日はやりますと答えましたね。ですが、その後、よくよく考えたらお店の奉公人が竹刀を振り回すのはどうかと思いなおしました。けど、八頭司さんの朝めしがうまいという一言にまた変節しました。やりましょう。私は若いのです、南峰先生とは互角に打ち合いができましょう」

四之助はいささか自信ありげに言い放ったが、

「ふむ、わしはすでに剣術の稽古をしてきたのじゃぞ。何事も経験者を立てるのが新入りの態度である」

との南峰の言葉に、

「八頭司さんは師匠ゆえ立てますが、南峰先生が兄弟子ね」

と再び迷ったような言葉を吐いた。

翌朝、独り周五郎が宮田屋の整地された敷地に入り、父から譲られた同田貫を右腰に差し、利き腕の左手で抜き打っていると、木綿縞の単衣《ひとえ》を尻端折《しりはしょ》りした四之助が額に鉢巻きをして姿を見せた。四之助は、商い船の不寝番を務めつつ寝ていたのだ。

「おや、その気になったか」

「八頭司さん、かようなご時世です。押込み強盗などなにがあってもいけません。剣術の手習いをするのも悪い考えではないかと思いました」

「ほうほう、感心かな感心かな」

と応じながら土蔵から大塚南峰が、さらには仮診療所から木刀と竹刀を抱えた見習医師の三浦彦太郎まで姿を見せた。

「ほう、照降町の道場に三人もの門弟が顔をそろえたか」

との周五郎の言葉に、

「小伝馬町の牢屋敷道場よりこちらの再開が早いな」

と南峰が竹刀を一本彦太郎の腕から抜いて、

「師範、竹刀でよいな」

「それがしはどちらでも」

「と、申しても木刀を振り回すのは剣呑じゃ」

と南峰が四之助と彦太郎に竹刀をそれぞれ持たせた。

周五郎は刀を置くと木刀の一本を手にして、三人の前に立った。すると南峰が、

「わしが手本を示す」

といと、

「お面」

と叫びながら片手に構えた周五郎の木刀めがけて力いっぱい打ち込んだ。だが、竹刀が木刀にあたる瞬間、周五郎は、すいっ、と木刀を引いて衝撃をやわらげ、竹刀を押し戻した。南峰は同じ動作を繰り返すが、竹刀は周五郎の額に当たることはなかった。

十数回面打ちを繰り返した南峰が、これまでと言いながら竹刀を引き、

「やはり防具をつけた額を力をこめて打つ方がすっきりするな」

と感想を述べた。

「いくら南峰先生の面打ちとはいえ、防具なしで竹刀を受けるのは痛うございますでな。防具があるとよいのですがな」

と言いながら、周五郎は二番手の四之助と対面した。

四之助は南峰と異なり、体は小さいが、その分機敏だった。奇声を発しつつ周五郎に的を絞らせまいと考え、ともかく忙し気に不動の周五郎の周りを前後左右に動き回った。

「おい、手代さんよ、八頭司師範の周りを動き回っているだけで攻めんのか。それでは剣術にならまい」

と先輩の南峰が言い、

「南峰先生、策ですよ。八頭司さんが油断をするのを待っているんですよ」

と抗弁した。

「ほう、策な。相手が攻め返さぬことには奇策も疲れるばかりではないか」

と南峰に指摘された四之助が後ろに飛び下がると見せかけて、不意に間合いを詰めて周五郎の木刀めがけて打ち込んだ。

周五郎は竹刀が木刀にあたる直前に力を抜いて手前に引き、四之助の打ち込みを和らげようとした。だが、意外や意外、四之助の竹刀は機敏にも木刀を叩いた。

その瞬間、

「あ、痛たた」

と叫ぶと竹刀を手から投げ出したのは四之助だった。そして、竹刀を握っていた両手を振って痛みを堪えようとした。

「おお、これはそれがしがしくじった。なかなかの攻めじゃったな。木刀をひどく叩いて手を痛めたか」

しばらく宮田屋の敷地を飛び回っていた四之助に、

「竹刀を拾われよ」

と周五郎は命じた。

「八頭司先生、私は一本打っただけで疲れました。これにて本日の稽古は止めにします」

と四之助が宣言した。

「なんじゃ、たった一本打っただけで稽古は終わりか。話にならぬな」

「南峰先生、手を痛めては本業が務まりません」

とようやく掌の痛みが消えたか、

「次の折はもっと別の策を考えます」

と言った。

周五郎が、四之助が投げ出した竹刀を拾って、

「彦太郎どの、木刀から竹刀に換えたで、受けそこなったとしても痛みはあるまい。思い切って参られよ」

と命ずると、

「畏まりました」

見習医師の三浦彦太郎は、周五郎に一礼して正眼に構えた。その構えを見た南峰が、

「おお、彦太郎、そなた、剣術の心得があるのか」

と問うた。

「子供の折、近くの道場に稽古に通っておりました。一年半ほどです」

と応じて、その折の構えや動きを思い出すかのような表情を見せると、

「参ります」

と宣言し、竹刀を正眼に構えたまま間合いをつめて周五郎の額に向かって竹刀を振り下ろすと同時に、

「面」

と叫んだ。

むろん周五郎は手にした竹刀で彦太郎の攻めに合わせると、軽く弾いた。だが、彦太郎はよろけることもなく竹刀を正眼に戻し、さらに攻めかかってきた。

「おお、彦太郎、やるではないか。八頭司師範もたじたじゃぞ」

と南峰が見習医師を鼓舞し、彦太郎の耳にその声が届いたかどうか、面打ちを生真面目に繰り返した。

「彦太郎、もうひと打ちで師範の構えが崩れるぞ」

南峰がまるで自分が師範になった体で激励した。

両手の痛みが消えたか、彦太郎の攻めを見ていた四之助が、

「彦太郎さん、八頭司さんは一歩も動いておりませんよ。面打ちばかりに拘《こだわ》らず、手とか胴を狙ってはどうですか」

とこちらは叫んだ。

だが、彦太郎は面打ちだけでなんとか周五郎を動かそうとして顔を真っ赤にして面打ちを繰り返した。

二十数合も続けたか、不意に彦太郎の体がよろけて腰から崩れ落ちた。そして、

「ふう、はあはあ」

と激しい息をした。

「三浦彦太郎どのは、さすがに剣術の経験者であるな、南峰先生や四之助さんより形になっておる」

と周五郎が褒めた。

「八頭司師範、そなたが防具をつけておればわしとて果敢にして機敏の面打ちができるのじゃがな。まさか見習医師がわしの好敵手になるとは考えもせなんだわ」

と南峰が悔しがった。

そんな剣術の稽古を朝餉の仕度をする女衆が見て、

「まるで子供の遊びを大の大人がやっているよ」

とか、

「うちの手代さんはただ駆け回っただけだね」

などと大声で評した。だが、周五郎は女衆の言葉には構わず、

「素振りの構えからやりなおしましょうか」

と三人の「門弟」に竹刀を持たせて、上段から振り下ろしながら足や体や手の動きを見せた。

「素振りを固めて打ち合いに入ります。それでよいですな」

「そなたとじゃぞ、打ち合いになるまでどれほどかかるな」

と南峰が質し、

「一、二年はかかりましょうな」

「それでは照降町が復興してこの稽古場がなくなるぞ」

「その折までに牢屋敷の道場ができているといいですね」

女衆たちが呆れて蘭方医と職人見習の問答を聞いていた。

四

季節は淡々と移ろっていく。

この日、佳乃は朝から深川黒江町の因速寺の仕事場で鼻緒挿げをしていた。

照降町の船商いは読売が書いたこともあって大火事で家を焼失した地域から広く客が集まるようになり、商いはそれなりに安定した。

ただし、客層が変わった。

当初は、シマ界隈の粋で懐のあたたかい旦那衆や女衆が主な客筋で、品物も高いほうから売れていった。だが、今は普段履きの女物の下駄や男衆の仕事用の紙緒の草履を求める客たちが大勢詰め掛けている。

そこで宮田屋も若狭屋も高値の履物については三日に一度、品ぞろえして売ることにして、佳乃の出番も三日に一度、因速寺から挿げた履物といっしょに照降町に姿を見せることにした。

そんなわけで佳乃は、せっせと高値の履物の鼻緒を挿げていた。

一方、周五郎は照降町の土蔵で寝起きしながら、早朝、大塚南峰、手代の四之助、見習医師の三浦彦太郎の三人を相手に剣術の稽古をしてひと汗かき、井戸端で水を被ってさっぱりすると朝餉を食した。そのあと周五郎と四之助は船商いに向かい、遠くから履物を買いにきた客たちに普段履き、仕事用の草履を売る仕事をこなした。

また南峰と彦太郎は次々に仮診療所にやってくる怪我人や病人の治療に追いまくられていた。

一時、薬種問屋に薬代を溜めてなかなか薬を売ってもらえなかったが、大番頭松蔵が薬代を立て替えて、宮田屋が後見人になったので薬に困ることはなくなった。さらに彦太郎が患者から少しでも治療代をとるようになったので、なんとか仮診療所もたちゆくようになっていた。

そんな折、下駄職人の伊佐次が因速寺の佳乃を訪ねてきて、

「こんな感じの三枚歯ではどうだろうか」

と試作した下駄を見せた。

素材は十分に乾燥させた駿河産の桐を使い、三枚歯のうち、前歯と後歯のそれぞれをくりぬいて軽くしていた。

「歯のなかを空洞《うろ》にしてみたが、花魁の重さに耐えられる強さはあるはずだ。佳乃さん、仮緒を挿げて履いてみないか」

と願った。

そこで佳乃は仮緒を挿げ、伊佐次の肩を借りて三枚歯下駄を履き、久しぶりに外八文字の動きを繰り返してみた。たしかに軽くなり、下駄底には別の素材を張り付けてあったので、慣れれば履きやすかった。さらに三枚歯の下駄底に力をこめて、板の間に音が立つほど踏みつけたり、外八文字の動作を乱暴にしてみたりと繰り返した。

だが、伊佐次の拵えた三枚歯はびくともしなかった。

「想像した以上にいい出来だわ。これならば梅花花魁の体を支え、外八文字の歩みにも耐えられ

るわね」

と感想を述べた佳乃は、

「伊佐次さん、下駄底を外して空洞にした部分を見せてくれませんか」

と願い、伊佐次は、

「あいよ」

と持参した道具を使って、容易く下駄底を外した。

伊佐次が歯を空洞にしたのは前と後ろの二枚だ。真ん中の歯は花魁が打掛などを着こんだ重さに耐えられるように空洞にはしていなかった。

「伊佐次さん、空洞の差し歯にいくつか小さな穴が開けられるかしら」

「ほう、さらに軽くしようというのか」

「違うの」

と言った佳乃が予《かね》てから用意していたものを出して見せた。

「ほう、えらいことを考えなさったね。で、穴をあける場所に注文はあるかえ」

佳乃は前歯と後歯のところどころに印をつけた。

その場で伊佐次が錐《きり》を使い、小さな穴を前後の歯に五つずつ開けた。

「佳乃さんよ、穴をあけた歯には黒漆を塗るだけでいいのか」

「いいえ、黒漆を塗ったあと、絵を描きたいの」

「おりゃ、下駄職人だぜ。絵は描けないがな」

「わたしがやってみる」

「なんとも思い切った三枚歯下駄ができそうだ。佳乃さんよ、前歯と後歯の空洞だがどこまで広げられるか、もう少し工夫してみよう。これで本式の三枚歯下駄を拵えていいな」

伊佐次の問いに佳乃は頷いた。


八頭司周五郎が一番蔵の仕事場で男物の裏付草履に紙緒を挿げていると、

「ほう、そなた、器用なもんじゃな」

との声が聞こえ、顔を上げると鉄炮町で一刀流の剣道場を開いていた武村實篤の顔があった。

「先生、ご壮健にてなによりでございます」

仕事の手を止めて剣道場の主を迎えた。

「そなたが鼻緒屋で見習をしていることは承知していたが、冗談であろうと思うていた。今ようやく信じたぞ」

と武村が言い、

「わしの普段履きの草履にも鼻緒を挿げてくれぬか」

と言い添えた。

「それはもう」

周五郎は立ち上がり、

「かような場所でゆっくり座って話せるものではございません。土蔵の前に宮田屋の敷地を見渡す小屋がございまして、職人衆やわれらが食事をとる場がございます。そちらにて宜しいですか」

「むろん構わん。そなたの鼻緒屋も焼けたのであったな」

「焼失しました。ただ今宮田屋さんの厚意で家を新たに建てております。こちらは昔どおりの店と住まいが数か月後に出来上がります。わが鼻緒屋は、あり物の材木で家が建つそうです。前の鼻緒屋と違うのはいささか間取りが変わったことと、板屋根が瓦屋根に替わることだそうです」

と周五郎が説明しながらふたりが小屋前の縁台に移ると、宮田屋の女衆が茶を運んできた。

「宮田屋どのは深川の別邸に引越しておられるそうじゃな」

大塚南峰を通じて宮田屋の近況を知ったか、そう尋ねた。

「はい、秋口にはなんとか普請が完成するとよいのですが、大工も左官も職人衆が奪い合いで、秋じゅうに出来るかどうかと案じておられます。その点、それがしが勤めている鼻緒屋は二月後には仕事ができる程度の住まいと店ができると聞きました」

と状況を伝えると、

「そなたの女主人はこちらにおらぬのか」

と武村が尋ねた。

なんとなく佳乃の顔を見にきたようだった。

「三日か四日に一度は船商いに姿を見せて、大店や茶屋の女将さん方を相手に鼻緒をお客人の足に合わせる仕事をしていますがな、本日は深川の仮住まいで仕事をしております。先生、わが女師匠になんぞ用事でしたか」

と一応問うてみた。

「照降町の鼻緒屋の女職人はなかなかの器量のうえに仕事の技も父親の弥兵衛譲りの技量と評判ゆえ、会えれば話のタネになろうと俗な好奇心でな、照降町にやってきたところだ。荒布橋の袂に立つ梅の古木を見て参った。そなたらふたりしてあの御神木を守ったそうじゃな」

読売でも読んだか武村實篤はあれこれと承知していた。

「あの猛炎からはふたりだけでは守り通せませんでした。照降町の男衆の力でなんとか守り抜くことができたのでござる」

と武村の好奇心に応じた周五郎は、

「先生の道場も牢屋敷の中に出来ると聞きましたが話は進んでおりまするか」

と問い返した。

「おお、わしがこちらに来たのはその用事のためであったな。妙な経緯《いきさつ》から牢屋敷の道場主を務めぬかと牢奉行の石出帯刀どのから話があったのは確かじゃ」

「そのことは大塚南峰先生からちらりとお聞きしました。本決まりになりましたか」

「われら夫婦の住まいはないが道場は造るそうだ」

いささか残念そうな口調で言った。

「先生、それがしになにか手伝うことがございましょうかな」

と話を進めた。

「そなたには予め了解を取るべきであったが、牢屋敷同心らの剣術の技量を保つためにそなたに師範を願いたいと牢奉行どのから言われておってな。わしの独断で了承との返事をした。差し障りはないかのう」

「朝稽古なればこれまでどおりお手伝いできましょう」

「そうか、安心致した。照降町まで遠出した甲斐があったというものだ」

と武村實篤がほっと安堵した。

「かような大火事のあとゆえ、牢屋敷は緊急の普請でございましょう。すでに普請は始まっておりますか」

「公儀の普請方と牢屋敷の者が一緒になって急ぎの作業が始まっておる。こちらに来る前に小伝馬町を見てきたが、普請はだいぶ進んでおるな。堀に囲まれた二千六百余坪の敷地に大牢、二間牢、揚《あが》り屋、揚り座敷、百姓牢など咎人《とがにん》を直ぐにも収容する牢屋から穿鑿《せんさく》所、切腹場、首切場、賄所などの建物の他に剣道場も作られる。同心衆や牢屋下男《しもおとこ》などが何百人も作業する光景は、なかなかの壮観じゃぞ」

と説明した武村が、

「そなたも長屋を焼けだされたのであったな。この界隈に直ぐに長屋などできまい」

と周五郎の住まいを案じた。

「ただ今それがし、宮田屋さんの外蔵であった土蔵で蘭方医の大塚先生といっしょに寝泊まりしております。ただ今建てておる鼻緒屋には店の仕事場の上に中二階の部屋を設けてくれるそうで、それがし、住込み弟子になりそうです」

周五郎の言葉を聞いて武村がしばし黙り込んだ。そして、

「そなた、やはり小倉藩江戸藩邸に戻る気はないか」

と質した。

「先生もご存じのとおりそれがし、部屋住みの身でございました。そのうえ、藩を二分しての内紛の最中、藩邸に戻るなど許されるはずもございません。それがしもその気はさらさらございません」

武村はまた間を置いた。

なにか迷っている表情だった。

「大火事が江戸を襲う前のことだ。そなたの藩の者が二度三度と鉄炮町の道場に訪ねてきて、そなたのことをあれこれと穿鑿していきおった。そなたは小倉藩の重臣派からも改革派からも頼りにされておるようじゃな」

「先生のところにまでさような者たちが伺いましたか。ご迷惑をお掛けいたし申し訳ありませんでした」

「さような斟酌《しんしゃく》はどうでもよい。じゃが、この照降町も焼けてなくなり、事情が大いに変わったゆえ、そなた、藩に戻る気になったのではないかと思ってな。最前の牢屋敷の剣道場の師範方の話を押し付けてよいかどうかと、いささか案じておったのだ」

「先生、さようなご懸念は無用です。それがし、ただ今の願いはこの照降町の復興の目途をつけ

ることにございます」

と周五郎が言い切った。

「どうやらこちらでもそなたは大いに頼りにされておるようじゃな。朝稽古をしておると住人に聞かされたぞ」

「南峰先生や見習医師、それに宮田屋さんの手代を相手に素振りをする程度のものです。稽古とはとても呼べますまい」

「そなたならば、どのような場にあっても修業はしておると思った」

と言った武村が茶を喫し終えると縁台から立ち上がった。そして、宮田屋の普請場で働く職人衆を見て、

「牢屋敷は、やはりこちらと違い、なんとも怪しげな普請場じゃな。なにしろ真ん中に牢が並んで造られておる」

と感想を漏らした。周五郎は、

「先生、それがしの腕では大した履物は出来かねます。男物と内儀様の履物をいま用意しますので、しばらくお待ちください」

と願って土蔵の仕事場に戻った。

周五郎が道場主夫婦の普段履きの鼻緒を挿げて小屋に戻ると、武村が南峰と談笑していた。

「照降町と申すこの界隈、なんとも人情篤き土地じゃな。焼け出された大塚先生もこのお店の一角に仮診療所を設けて診察やら治療をしておられる」

「武村先生、この照降町を一つにしたのは、八頭司さんとその女主、そのふたりを支えておるのは宮田屋さんと若狭屋さんの大店二軒ですぞ。私がこちらに仮診療所を持てるのもこのふたりがおればこそ」

「南峰先生、それと住人の方々、御神木の梅を忘れてはなりませんぞ」

と周五郎が言った。

「確かにたしかに。あの御神木を佳乃さんが身を張って炎から守るのを見てこの界隈の住人が心をひとつにして奮起し頑張ったのであったな」

「大塚先生の話を聞いて、わが師範が照降町に肩入れするのがよう分った。一日も早く元の照降町にもどるとよいな。その折、また訪ねてこよう」

という武村に二足の履物を渡した。

「いくらかな」

「師匠から履物代など頂けるものですか。わが女師匠に許しを乞うておきますでな、お持ちくだされ」

と周五郎が願った。

佳乃は何枚も何枚も画紙に梅の絵を描いてみた。

絵を描くのは幼いころから好きだった。父の傍らで鼻緒を挿げながら、その合間に照降町の佇まいや住人の顔を描いていた。

「佳乃、絵描きになるつもりか」

と弥兵衛が質したほど鼻緒の挿げ替えについで没頭した。

そのなかでも梅の花が咲く季節には御神木の凜とした白梅の花を多く描いた。むろん弥兵衛が長年使い込んだ小筆に硯《すずり》の墨を使っての単彩だ。だが、描いているうちに墨一色でも墨のすり方次第で濃くも淡くもなることを覚えた。

鼻緒の挿げと絵を捨てたのは三郎次と出会った時期だ。

あの折から四、五年の歳月が流れていた。

しかし鼻緒の挿げ方を手が覚えていたように、絵の描き方も何枚か描くうちに思い出した。だが、梅花花魁の三枚歯下駄に絵を描くのは画紙に描くようにはいかなかった。平板な紙と歯の高さが六寸ほどの立体の下駄に描くのは勝手が違う。

(どうしたものか)

と迷った末に因速寺の和尚に、

「この界隈に絵師はお住まいではございませんか」

と尋ねてみた。

「佳乃さんは鼻緒職人じゃな。絵師に職替えかな」

いいえ、と答えた佳乃は和尚錦然に梅花花魁の三枚歯下駄に絵を描くことになった経緯を説明した。

「なに、いま全盛の梅花花魁のあの三枚歯に描くのか。なんやら花魁も佳乃さんも途方もないことを考えたではないか。わしは坊主じゃぞ、字ならば書かんこともないが、絵師な」

としばらく瞑目して考えていたが、

「おお、思い出した。永代寺の門前町仲町《なか》の借家にな、かなり前、そうじゃな、二十年も前から絵師が住んでおる。なんでも狩野《かのう》派の流れを汲む絵師と聞いたが、あまり売れておるとはいえまいな。狩野一悠《いちゆう》といったかのう」

「和尚様とは親しいお付き合いにございますか」

いや、そうでもない、と応じた和尚が、

「この絵師がな、金に困ったか、ある檀家の口利きで寺の襖《ふすま》に絵を描かせてくれ、と願ってきた。で、どんな絵を描きなさると質したらな、長襦袢《ながじゅばん》を着た女の絵を見せおった。たしか裾のところに水仙かなにか花の絵が描いてあったな」

「水仙ですか」

「佳乃さんや、水仙だけなら寺の襖でもよかろうが、なにしろ長襦袢の女の絵ではのう、ちと色っぽくないかと考え、断った」

と和尚が言った。

「和尚様、そのお方もお持ちになった絵をそのまま襖に描く心算《つもり》だったのではありますまい。どのような絵を描くか、技量を見てもらいたかったのではございませんか」

「うーむ、技量な、そういうことであったか」

といささか悔いた感じで、

「佳乃さんや、狩野一悠さんに会うてみるか」

と問うた。

「お会いしてみようかと存じます。もしわたしの手に余るようならば、その絵師のお方に願ってみます」

と佳乃は即座に気持ちを固めた。

仲夏《ちゅうか》の夕暮れのことだった。

第四章　芝居話

一

翌日、昼前に佳乃は永代寺の門前町の菓子舗で名物の落雁《らくがん》を買い求めて絵師の狩野一悠《いちゆう》の家を訪れた。佳乃が声をかけると、

「うむ」

と一瞬訝《いぶか》し気な顔をした絵師が、

「上がれ」

と命じた。

佳乃が名乗る間も訪いの理由を述べる暇も与えなかった。

歳のころは五十代半ばかと思われた。

さほど広くもない庭が望める画房に佳乃を通すと、

「手土産を持参する女は珍しいのう」

といい、

「地味な木綿縞も悪くない」

と佳乃の全身を眺めた。

佳乃は間をおいて言った。

「狩野一悠先生のことは深川黒江町の因速寺の錦然和尚の話で知りました」

「なに、因速寺の住職じゃと、わしに女を紹介するほど親切であったかのう。それとも代替わりしたか」

と呟いた。

「狩野先生、わたくし、先の大火事に遭い、川向こうから因速寺に避難してきた鼻緒職人にございます」

「なに、鼻緒職人じゃと、女職人など頼んだ覚えはなかったな」

とようやく勘違いに気付いたようだった。

「はい、わたくし、先生の知恵をお借りしたくて参りました」

「そなた、わしが絵に描くために頼んだ女ではないのか」

佳乃は首を横に振った。すると一悠が、

「うーむ、鼻緒職人の女な。川向こうではどこに住まいしていた」

「照降町にございます」

「照降町じゃと。近ごろ読売にて照降町のことを読んだ覚えがあるな。魚河岸と二丁町を結ぶ通りには御神木の梅の木があって、あの大火事の折に住人が自分の家が焼けるのにも構わず梅の木を守ったのではなかったか」

　狩野一悠は読売をいい加減に読んだとみえてこう言い、ふと気付いたようで、

「ああー、あの御神木を命がけで守り通した女がいたとも書いてあったが、まさかその女がそなたではあるまいな」

　と質した。

　佳乃はふたたび間を置き、小さく頷いた。

「ほうほう、読売の女はわしが勝手に考えた女より若うて、なかなかの顔立ちと容姿の持ち主であったか」

　と己の勘違いに一悠はようやくはっきりと気付いた。

「鼻緒職人佳乃と申します」

　と手土産の菓子を差し出しながら、

「お願いの筋がございましてこちらに伺いました」

　佳乃は絵師の顔を見た。無精ひげが七、八分ほど白かった。それなりに深い皺も顔じゅうにあった。

「ううーん、願いがなにか分らぬが興味をそそるな」

　と独りごとを漏らし、佳乃に用件はなにかと無言のまま顎を振って質した。

　佳乃は梅花花魁に頼まれた一件を手短に伝え、花魁道中をなす折に履く三枚歯の高下駄造りを願われたことを告げた。

「なに、ただ今の吉原で全盛を極める梅花から三枚歯の注文を、それも本業の鼻緒だけではのうて、三枚歯そのものを拵えよと願われたというか」

「はい。花魁の注文は大火事に見舞われて元気をなくした江戸の住人を勇気づけるような斬新な三枚歯を拵えてほしいとのことでございました。当初、『わたしは鼻緒職人、花魁の履く三枚歯の履物を造ったことも、またその技もございません』とお断りしたのですが、どうしてもと」

「願われたか」

「はい」

「そなたと梅花は気が合うようじゃな」

一悠の問いに頷いた。

「で、わしへの注文とはなんだ」

「花魁の三枚歯下駄は畳表、台は黒漆塗がふつうのようです。わたくし、花魁の名から梅の花を三枚歯の下駄に描いたらどうかと考えました。ですが、絵の修業などしたこともございません。そこで狩野一悠先生に描き方を教わろうと考えました。むろん素人がそう容易く描けるものではございますまい、その折は先生に」

「願うというか」

と応じた一悠が、

「絵を描いたことがあるか」

「子供の折、お父つぁんの仕事場の傍らで描いておりました。これは十数年ぶりに描いた絵にございます」

佳乃は懐に二つ折して持参した梅の絵を見せた。そこには梅の花が風に舞い散る光景やごつごつとした幹に一輪咲く花などあれこれと数種類の素描があった。

絵を凝視していた狩野一悠は、

「この絵はな、われら凝り固まった絵師の頭では描けん絵じゃぞ。さすがは梅花花魁、そなたの才を察して願ったのだ。そなたが描け、そのほうが花魁は喜ぶわ」

と言い切った。

「狩野様、なんぞ工夫や創意が足りぬところがございましょうか」

「そうじゃな、これも余計なことかもしれぬ。花が風に舞う景色は、美しいがな、妓楼の主は、散る花は好くまいな。とはいえ、梅花花魁はそなたが描いた絵の三枚歯下駄なればどのようなものでも喜んで履こう」

と言い切り、

「下駄は黒漆といったな」

「はい」

「黒漆に映える白い梅を描くなら岩絵の具の使い方を教えるで、それを購え。麹《こうじ》町三丁目に京屋岩絵乃具なる店がある。そこを訪ねてわしの名を出せばそなたに扱える絵の具を売ってくれよう。まずはわしが使いかけのものを譲るでそれで稽古をしてみよ」

とあれこれと筆や絵の具の使いかけをくれて、その使い方を教えてくれた。

佳乃は永代寺と富岡八幡宮にお参りして、ふと思い付き深川入船町の宮田屋の別邸を訪ねることにした。

刻限は七ツ前後と思えた。

別邸に宮田屋の旦那一家と奉公人の男衆、女衆が住まいしていることは承知していた。

予告もなく姿を見せたので、源左衛門はいささか驚きを隠せない体で佳乃に会った。

「佳乃さん、因速寺でなんぞございましたかな」

「いえ、お寺さんは快く納屋を仮住まいとして貸してくれています。本日はちょっとした思い付きで永代寺門前に住まわれる絵師狩野一悠様を訪ねまして、富岡八幡宮にお参りした折に、そうだ、宮田屋さんの別邸に、無沙汰をしている挨拶をと思い、お訪ね致しました」

「ほうほう、それは」

と源左衛門が応じて、

「絵師の狩野一悠さんに御用でしたとな。なんぞうちの仕事とかかわりがございますかな」

「あるといえばあります。とは申せ、わたしが勝手に思い付いたことゆえ、鼻緒を挿げる仕事ではございません。例の吉原の梅花花魁から願われていた一件について、狩野絵師に相談に伺いました」

「花魁道中に履く三枚歯を佳乃さんは頼まれておりましたな。なんぞ創意が浮かびましたか」

「花魁道中の三枚歯下駄の台はふつう黒漆塗と聞きました。素人考えで思い付いたのは黒漆の三枚歯に絵が描けないかということで、絵師の狩野一悠様に相談に伺ったのでございます」

「ほう、花魁道中の三枚歯に絵をな、それは足元まで華やかになりますな。で、絵師の狩野先生は快く受けてくれましたかな」

「いいえ、わたしの話を聞いた狩野先生はこの一件、わしが筆を執るより花魁と気心が知れたそなたが描くほうが花魁は喜ぼうと申されまして、絵の具の使い方などを丁寧に教えてくれました」

「なに、佳乃さんには絵を描く技量もありますかな」

　と少々驚きの表情で尋ねた。

「子どものころに遊びで描いて以来、十年以上も絵など描いたことはございません」

「狩野先生はそんな佳乃さんに、絵を描けとなぜいうたのでございましょうかな。狩野派の絵師ならば三枚歯とはいえ、絵を描くのはお茶の子さいさいでしょうに」

　と源左衛門が首を捻った。

　それが、と言いかけた佳乃がしばし間を置いて、

「わたしが描こうとしたのは梅花さんの源氏名の由来にもなった照降町の御神木の梅の花にございました」

「なんと、梅花花魁の三枚歯下駄に照降町の御神木の梅をな、花魁の注文ですかな」

「梅花花魁は幼い折に母御に連れられて照降町の梅を見たことがあるそうです。その話を思い出しまして」

「それで三枚歯の下駄に照降町の梅をな、描いてみようと考えなすった」

「はい」

と答えた佳乃の顔を見て、

「なんぞ差し障りがございますかな。佳乃さんは梅花花魁から三枚歯下駄をそなたの考えのままに造ってほしいと願われたと大番頭から聞かされておりますがな。そなたの思い付きを花魁も許してくれましょう」

「そこまで花魁に信頼されると徒《あだ》やおろそかな仕事はできません」

「それで新しい三枚歯下駄の造りに悩んでおられるか。さような相談は、履物屋の主ではなんの役にも立ちませんぞ。ご承知のとおりうちの上品《じょうぼん》の履物は、京からの下り物ですからな」

源左衛門は佳乃の訪いの曰くが分らぬという顔で言った。

「旦那様、世間を知らぬ、いえ、吉原の仕来《しきた》りを知らぬ女の考えを聞いて頂けますか」

「むろんです。いまや宮田屋の売れ筋の履物の『花緒』を挿げるのは佳乃さん、そなたですからな。うちではそなたに足を向けて寝られませんでな」

冗談半分ながら真剣な顔で言い切った。

しばし自分の考えを瞑目して確かめた佳乃は、

「かようなことが出来ましょうか」

と話し出した。

無言で話に聞き入った源左衛門が、

「うーむ」

と唸り、

「このことを梅花花魁は承知ですか」

「いえ、ご存じありません。最前から申しましたようにわたしの思い付きで、大番頭さんにも話しておりません」

「えらいことを考えられましたな。出来ぬことはなかろうと思いますが、あちらこちらにお許しを得なければなりませんし、大金がかかりますすな」

「はい」

「しかしこれがうまくいけば江戸じゅうの話題になりましょうな。例の来春の中村座の幕開け狂言にもよい材料になるやもしれません。なにより照降町の復旧に弾みをつけることはたしかです」

としばし沈思した源左衛門が、

「時を貸して下され。まず私の考えが決まったら大番頭さん方に相談します」

と言い、佳乃は、

「有り難うございます」

と礼を述べた。

照降町では宮田屋の店と住まいの土台の普請が終わり、柱を立てて梁が渡されていた。また鼻緒屋の普請も同時に行われて、周五郎はあちらこちらで始まった普請を見廻るのが楽しみになった。

若狭屋だけが船商いをなす日、周五郎は草履や下駄に紙緒を挿げる仕事の合間に鼻緒屋の普請の進行具合を見にいった。

普請場ではひとりの老練な大工の命のもと、ふたりの若い職人がせっせと柱や梁に切り込みを入れていた。

「お侍さんよ、そう熱心に見られると若い連中は見張られているようでよ、緊張してまともな仕事ができないぜ」

と老練な大工、利介が周五郎に注文をつけ、

「おお、それはすまぬ。そんな心算はない。それがしはな、子供のころから職人衆の仕事を見るのが好きなのだ。そんなわけで鼻緒屋の見習職人をやっているくらいだ、許されよ」

と周五郎が言い訳した。

「おめえさん、どこぞのお大名の重臣の倅と聞いたがよ、照降町の鼻緒屋に通いつめて弟子入りするとは、妙な侍があったもんだ」

利介は周五郎が初めて会う職人だ。棟梁になるより若い職人に技を教え込むのが性に合っていると思えた。

「重臣の倅というても部屋住みと呼ばれる生涯飼い殺しの身分でな。川柳ではないが、三杯目にはそっと茶碗を出す口だ」

「ふーん、侍も楽じゃないな」

「おお、大半の大名家も直参旗本も蔵に貯えなどないばかりか、両替商や札差《ふださし》に何年分もの実入りに匹敵する借財がある。となると、娘が嫁に行くというても嫁入り道具も揃えられぬ。そこでまた借財がかさむ。そんなわけで部屋住みなどは、人の暮らしとはとてもいえぬぞ」

「ふーん、それで照降町の鼻緒屋の見習職人になったかね」

「そういうわけだ」

と応じた周五郎の傍らに人影が立った。

中村座の座頭から新作の台本を頼まれている狂言作者柳亭志らくだ。こちらはすでに何回か会っているので知り合いだ。

ただし志らくの一件を承知なのは照降町でも限られた人しかいない。周五郎は佳乃から内々に相談を受けたから承知していた。

「なんぞ御用かな」

「土蔵の仕事場を訪ねたらおまえさんの姿がないんでね、どうしたものかと考えていたら、南峰先生にさ、鼻緒屋の普請場を見てみよと教えられたのさ」

「どうだな、この界隈をふらつくか」

と周五郎のほうから誘った。すると志らくが頷き、周五郎は荒布橋のほうへと足を向けた。若狭屋の船商いには数人の客がいた。

「若狭屋の衆、船商いはいかがかな」

「宮田屋さんの一枚看板の女職人が本日はいませんでな、そこそこの商いですよ」

と若狭屋の三番番頭の留之助が応じると、

「おい、番頭さんよ、そこそこの客で悪かったな」

と職人風の客が口を挟んだ。

「親方、私と鼻緒屋の奉公人との内緒の問答ですよ、聞き逃してくれませんか。かような大火事のあと、こうして船商いにお出でになるお客様ひとりひとりに胸のなかで手を合わせているんですからさ」

と留之助が如才なく応じた。

「そうかいそうかい、番頭はどうでもいいが、お侍さんとおめえさんの女師匠はえれえよな、あの大火事のなか、この御神木の梅の木を守りとおしたんだからな」

「親方どの、わが師匠とそれがしだけではござらぬ。ただ今それがしと問答していた若狭屋の番頭さんや照降町の住人が力を合わせたお陰で、御神木をなんとか守ることができたのでござる」

「そう聞いておこうかね」

そんな問答を志らくはしっかりと聞いていた。

ふたりは荒布橋の西詰で足を止めた。ここならば人に聞かれる心配はない。

周五郎が志らくを見た。

「先日、聞いた話の念押しだ」

「念押しされるほどの話をした覚えはないがのう」

「芝居はさ、現《うつつ》をなぞるものじゃないのさ。いささか嘘というか脚色が入っておる。それでな、過日おめえさんが女師匠とは、男と女というかそんな間柄ではないというたよな」

「いかにもさよう、佳乃さんはわが師匠だった弥兵衛どのの娘御、そして、弥兵衛師匠が身罷った今、二代目の師匠だ。つまりそれがしはいささか出来の悪い鼻緒職人の見習にすぎん」

「その辺りをすこしさ、変えてな、男ふたりと女の恋物語にしてはならないかね」

　と志らくが周五郎の顔を見た。

「ほう、新作の芝居にそれがしも登場するのか、いや、それがしらしき男が登場しそうか」

「芝居なんてのはね、やっぱり男と女の情愛が絡んでなければ、客が喜ばないのさ」

「志らくどの、この話、佳乃さんに質したかな」

「いや、ひょっとしたらこちらにいるかと思ったんだがね、本日は深川黒江町の因速寺で仕事だってね、佳乃さんにはこれから許しを願おうと思うておる」

「まずわが師匠の許しが先じゃな。それがし、師匠がどのような判断をされようとその考えに従うでな」

　と周五郎が応じて、

「分りました。わっしはこれから川向こうに佳乃さんを訪ねてみよう。なんぞ伝えることはあるかね」

「鼻緒屋の普請が着々進んでおると伝えてくだされ」

　と周五郎が応じて、柳亭志らくは地引河岸へ猪牙舟を見つけに向かった。

二

深川黒江町因速寺の仮住まいの仕事場で佳乃は狩野一悠絵師から譲られた筆と絵の具を使い、納屋にあったあり合わせの板に絵を描いていた。とそこへ、

「ご免なさいよ」

との男の声がして中村座から台本書きを頼まれた狂言作者柳亭志らくが土間に入ってきた。

「おや、本日は絵の稽古ですかな」

佳乃は志らくを見て、

「鼻緒を挿げる仕事が一段落しましたので、子供のころ、好きだった絵を描いてみようと悪戯《いたずら》をしていました」

志らくは使い込んだ絵筆と岩絵の具らしいものを見て、

(悪戯をしているのではないな)

と思ったが、そのことには触れなかった。

一方、佳乃のほうは、志らくは梅花花魁に格別に願われた三枚歯下駄の注文を知らないはずだと思い、絵の道具を仕事場の隅に押しやって志らくと向き合った。

「こちらに来る前に照降町に立ち寄ってきましたぜ。本日は若狭屋だけが船商いでしたか」

「はい、ゆえにわたしはお寺さんの借家で明日売り出す鼻緒挿げをして一日を過ごしました。照

降町になんぞございましたか」

「いいえ、佳乃さんがおられると思い訪ねたのですが、お侍さんにこちらで仕事だと教わりましたでね」

「周五郎さんに変わりはございませんか」

「へえ、鼻緒屋の普請場で大工と話しておられるところに行き合いましてね、普請を興味深げに見ておりましたぜ」

「周五郎さんはなんでも職人さんの仕事を見るのが好きなの」

佳乃と志らく、シマ界隈の町人同士だ。佳乃の口調も気楽なものに変わっていた。

「だそうですな。鼻緒屋の普請は、着々と進んでおるゆえ安心せよと師匠に伝えてくれと言われました」

「ああ、そうなの。明日、見るのが楽しみだわ」

と言った佳乃が、

「わたしになにか尋ねることがまだあるの。周五郎さんに尋ねて分ることではないの」

「いいえ、おふたりに関わりのあることでございましてね、尋ねる順番は逆でしたが、一応お侍の弟子に尋ねてみました。そしたら、さようなことは師匠に尋ねるのが先だ、それがしは師匠の判断に従うだけだ、と言われましてな」

「周五郎さんらしいわね。で、なにが知りたいの」

志らくは照降町で周五郎に説明した経緯をこちらでも話した。

その話を聞いて、

「わたし、宮芝居くらいしか見たことがないけど、芝居はあれこれと話を膨らませて客に喜んでもらうのでしょ。出戻り女のわたしらしい登場人物ですもの、好きなようにどういじってもいいわ」

とあっさり応じた佳乃が、

「わたしをめぐってふたりの男がいるって、その口ぶりだと、ひとりは周五郎さんらしいわね。もうひとりはだれなの。まさかわたしが騙された三郎次ってクズ男じゃないでしょうね」

「遠島になった三郎次らしき男は出てきますがね、こちらは悪役だ。芝居の佳乃さんを慕うふたり目は、佳乃さんの幼馴染にしようかと思っています。いけませんかえ」

「船頭の幸ちゃんなのね」

「へえ、どうです」

照降町のだれもが幸次郎と佳乃が幼馴染と承知していた。

「どうですもへちまもないわね。わたしの周りにいて直ぐに思い付く男ばかりじゃない。八頭司周五郎さんには迷惑じゃないかしら」

「最前も言いましたが、お侍は師匠の判断に従うと言われましたな」

しばし沈黙した佳乃が、

「芝居のなかのわたしたちらしき人物は本名じゃないのよね」

「へえ、名は変えます」

「分ったわ」

と佳乃が返事をした。

「分ったわ、とは承知したと考えてよいのですね」

「この話を受けたとき照降町が一日でも一刻でも早く元の町並みに戻るためと思って決断したの。あとは志らくさんや中村座の座頭にお任せするわ」

「ありがとうございます」

と礼を述べた志らくが、

「先代の親父さんが亡くなってそろそろ四十九日が巡ってきますね」

と話柄を変えた。

「そんなことまで調べるの」

「芝居は作り事です。でもね、こたびの場合のように実際にあったこと、それもだれもが承知の大火事を背景にした題材にする場合、芝居に使われなくてもなんでも調べておくことは大事なことなんですよ。主役は佳乃さんだ、このことは変えようもない。その父親にして師匠弥兵衛さんが火事の直後に身罷ったんだ。佳乃さんの心持ちにあれこれと影響を与えないはずないからね」

といった。

「そう、もうすぐお父つぁんの四十九日ね」

と佳乃が呟いた。

志らくがちらりと最前まで佳乃が絵を描いていた道具に眼差しを向けて、

「佳乃さん、もう一つお許しを得たいことがあるんですがね」

と言い出した。

「えっ、用事は終わってないの」

「へえ、芝居の筋書きにはあれこれと話があったほうがいい。その筋書きを役者衆が稽古しながら、この話を膨らまそう、こいつはとっちまおうと初日の直前まで稽古を続けるんです。いや、客を前にした一月あまりの芝居の間にも役者衆は流れを変えたり、省いたりしますんで。こたびの話の背景を見物人はすでに承知だ。だからこそ、大筋から離れた場面でね、面白い挿話《そうわ》があれば『照降町神木奇譚』は大芝居に化けますんで」

「そうわってなに」

「へえ、佳乃さんの恋の話もそう、そして、吉原の花魁との付き合いもその一つでさ」

志らくは吉原の梅花花魁との付き合いを承知していた。

「それを知っている人はそういないはずだけど」

「佳乃さん、わっしが承知なのは照降町界隈から聞き込んだからではありませんぜ。二丁町にも人のつながりはあれこれとございますからね。なんとなく佳乃さんの動きを見ていて知ったことですよ」

そうなのか、と佳乃は志らくの顔を見た。

「虚言は弄していませんぜ。どうやら梅花花魁と佳乃さんは話が合うようだ。梅花花魁も江戸の生まれ、佳乃さんも照降町そだちだ。さっぱりした気性は似ていますからね。それにさ」

と志らくはいったん言葉を切った。

「ふたりして頭がようございますでな、下手な男なんぞは付き合い切れないや」

「それって、貶《けな》しているの、褒めているの」

「むろん大褒めの言葉です」

と言った志らくが、

「佳乃さんよ、梅花花魁からなにを頼まれなさったんで」

「それくらい承知の上でわたしに尋ねているんでしょ」

「まあね、どうやら花魁道中で履く三枚歯下駄の鼻緒を挿げるらしいことは分っているんだがね、梅花花魁と佳乃さんの間で話がそれだけで終わるとも思えねえ。なにか格別な頼みごとがあったはずだ」

佳乃は志らくの顔を凝視した。

「なにかを頼まれたことまでは分ったんだが、その先が見当がつかない。企てに下駄職人の伊佐次さんが一枚嚙んでいるらしいとも分っているんだがね」

と志らくが言った。

「芝居は中村座の完成祝いの興行でしょ、まだ日にちがあるわ。もう一月もすれば、志らくさんなら探り出すわよ。それからでも芝居に組み込むのは遅くはないわ」

こんどは志らくが黙り込んで考え、

「本日はここまでか」

と言った。

「そういうことね」

「明日、照降町を覗きに行きますぜ」

と言い残した志らくは、訪れたとき同様にすっと気配も感じさせず立ち去っていった。

佳乃がその背を見送っていると、

「だれか来ていたのかい」

と奥の台所から八重が姿を見せて尋ねた。

「ううん、だれも来ないわよ」

と佳乃が答えた。


翌日、佳乃は、久しぶりに宮田屋の船に同乗して照降町に向かった。船は深川黒江町から堀伝いに大川を目指した。同乗者は大番頭の松蔵だ。

「だいぶ仕事をされましたな」

佳乃が持ち込んだ木箱が二つあるのに目を止めながら言った。

「三日ほど寺に籠っておりましたから、仕事がはかどりました」

「それはようございました」

と応じた松蔵が煙管《きせる》を出すと印伝の煙草入れから刻みを入れながら、

「八頭司さんも来ませんか」

「照降町が忙しいと見えて顔をお出しになりません。ですけど、昨日、狂言作者の柳亭志らくさんが訪ねてこられ、周五郎さんの言葉を伝えてくれました。照降町の普請は順調だそうですね」

「空梅雨《から》のせいか普請場はどこも仕事をしておりますでな。うちのお店と住まいより先に佳乃さんの店が夏じゅうには出来そうです。いや、照降町でいちばんに普請がなりますぞ」

「有り難いことです」

「やはりお寺さんで客の顔も分らず鼻緒を挿げるのと、照降町でお客さんの御足《おみあし》に合わせてその場で挿げるのは違いますからな」

「はい。まさか照降町のお店の中でうちが最初にできるなんて夢のようです」

「ただ今の佳乃さんの人気を考えれば順当な普請です。しっかりと仕事をしてくだされ」

と松蔵が鷹揚《おうよう》に頷った。

「大番頭さん、志らくさんの用件をお尋ねになりませんね、それともすでに承知ですか」

「いえ、知りませんな」

船に載せてあった煙草盆から火をつけて一服した。

佳乃は船頭に聞こえないように小声で志らくの話を告げた。

「ほうほう、あの芝居に周五郎さんも幸次郎さんも登場しますか」

「むろん名前などは変えるそうです」

「大火事の炎に包まれる最中に御神木を守りとおした佳乃さんの恋模様な、そりゃ、芝居者ならば書きたいでしょうな」

「大番頭さん、現の話ではございません、お芝居の話です」

「それは分ってますがな。この界隈のだれもがこの女衆は鼻緒屋の佳乃さん、この侍さんは八頭司周五郎さん、ついでに幼馴染の船頭は幸次郎と重ね合わせて芝居を見ましょうな」

「あくまでお芝居です、大番頭さん」

重ねて主張する佳乃にうんうんと頷きながら煙管をふかした松蔵が、

「佳乃さんはまだ若い。修業の三年は、まだ小娘だった佳乃さんをいい女っぷりに変えた歳月です。照降町の若い衆はだれも惚れましょうな」

「当分男とは縁切りです」

と言い切った佳乃が、

「もう一つ、志らくさんから話がございました」

と梅花花魁から佳乃が三枚歯下駄の鼻緒挿げを頼まれていることを志らくが承知していると告げた。

「なに、狂言作者の志らくがあの話を承知ですか」

「ただし、わたしが新しい三枚歯の拵えをすべてやると、そこまでは知らぬようでした」

「でしょうな。それにしてもなかなか耳が早いですな」

と煙管の灰を煙草盆に落としながら言った。

「大番頭さん、宮田屋さんと若狭屋さんの普請がなるのは、秋じゅうでございますか」

佳乃は話柄を変えた。

船はゆっくりと深川佐賀町に架かる下之橋から大川へと出ようとしていた。

「当初の見通しよりも少し遅れ気味でしてな、冬に入るかもしれませんな。あれだけの大火事です、どこも職人の取り合いでしてな。その影響で予定したより一月半ほど遅れましょう。むろんこれはうちだけではございません。若狭屋さんもうちと同じ時節に完成でしょう。佳乃さん、それがどうかしましたか」

佳乃は大川の上流の一角に眼差しを向けた。そこには華の吉原があって、全盛を極める梅花花魁がいた。

「この一件、旦那様の源左衛門様だけには話してございます。旦那様からなにかお話がございましたか」

「いいえ、ございませんな」

「迷っておいでなのでしょうか。旦那様の決意が固まってからと思いましたが、やはり大番頭さんにも話を聞いてもらいます。話を聞いて旦那様のように迷われるようならば、大番頭さん、その話を一切忘れてくれませんか。旦那様にもお詫びします」

「いいでしょう、話しなされ。佳乃さんの話にはいつも驚かされる、覚悟はできておりますでな」

「長い話になります」

と佳乃が断ると、松蔵は、

「船頭さん、ゆっくりと時をかけてな、船を荒布橋につけてくれませんか」

と命じた。

佳乃の話は四半刻ほどかかった。話が終わっても松蔵はなにも言わなかった。煙管に無意識のうちに刻みをつめて、

「この話、うちの旦那様と若狭屋さんだけでは事が済みませんな。吉原の雁木楼や吉原会所に許しを得なければなりますまい。旦那様は迷っておいでなのではございますまい、あれこれと密かに動いておられますよ」

と何事か思案するように煙管を弄んで言った。

「はい」

と佳乃が頷いた。

「されど、この話がうまくおぜん立てできれば、照降町にとっても二丁町の中村座にとっても悪い話ではないはずだ。いや、結構な話です」

と松蔵が言ったとき、船の行く手に焼失した江戸橋の復旧作業が見えてきて、その手前の東側にシマが、そして、荒布橋が見えてきた。

「私もとくと考えたうえで旦那様に相談致しますでな」

と松蔵が続けて、

「佳乃さんや、やはりおまえ様の話は度肝を抜かれますな」

と言い添えた。

松蔵と佳乃が乗った船が荒布橋に到着したとき、ちょうど船商いが始まろうとしていた。船の到着に気付いた周五郎と手代の四之助が商い船から橋の袂に飛んできた。

若狭屋は下り雪駄問屋ゆえ、どうしても男の客が多かった。とはいえ、旦那の履物を購いにきたおかみさん連も交じっていた。一方、宮田屋は男物の履物に加えて女物も扱っていた。そのために女の客が多かった。それも佳乃の挿げる鼻緒を目当てにした粋筋や分限者の身内だった。

「遅くなりましてご免なされ。いささかあちらで急用がございましてな、佳乃さんを待たせました」

と松蔵が言い訳をして、荷を早々に周五郎と四之助が下ろし始めて、佳乃は商い船に向かった。

すると、

「佳ちゃん、遅いじゃない。私たち、半刻も待ったわよ」

と小網湯のふみが声をかけてきた。

「おふみちゃん、ごめんなさい。ご一統様、遅れて申し訳ございません。この三日川向こうで鼻緒挿げをしておりましたので、下駄でも草履でもいろいろな品がございます。おひとりひとり鼻緒を御足に合わせますから、存分に品を選んでくださいな」

と佳乃がいうところに周五郎と四之助らが木箱ふたつの蓋をあけて、苫船の棚に並べ始めた。

すると苫船が花畑に変わったようで、

「あら、華やかだわ」

「さすがに佳乃さんの『花緒』よね」

と女衆が歓声を上げた。

一番最初の客はふみだった。下駄に本天の花柄模様の『花緒』を選んだ。

「どうしたの、おふみちゃん、いつもより華やかな履物を選んだわね」

「お祝いよ。小網湯の再建がようやく決まったのよ。寅が頑張ったからね、職人衆もそろったの」

「おめでとう。シマの人たちも魚河岸の兄さん連も小網湯の常連さんだものね、一日も早く湯屋ができるのはなによりうれしいわ」

と祝いの言葉を述べた佳乃は小声で、

「本日の買い物はお祝いに贈らせて」

と願った。

昼の刻限まで周五郎を助っ人にして次から次へと女客の足に合わせて鼻緒を調整して挿げていった。

長い行列の客をさばき終えたとき、九ツ半（午後一時）の刻限だった。

「おお、佳乃さんや、あなたの挿げた『花緒』の三割方がわずか二刻足らずで売れましたぞ。三日は持つと思うたが、こりゃ、明日で品がなくなりますな」

「大番頭さん、その折はお客様に履物と鼻緒を選んでもらい、この場で挿げていきます」

「そうですな、そうしてもらいましょうかな」

と松蔵が応じ、

「八頭司さんが鼻緒屋の普請場で佳乃さんを待っておりますぞ」

と言い添えた。

三

鼻緒屋の敷地にはすでに柱が立てられ始めていた。三十坪あるかなしかの土地に三寸角の柱、数十本が立つと、なんとなく佳乃は幼いころから馴染みのお店と住まいが見えてきた。店の土間と工房部分とその背後の一部屋の座敷の間に一本七、八寸の丸柱があり、いかにも、

「おれがこの家の大黒柱」

といった感じで二階部分まで堂々と天に向かって伸びていた。

焼失した鼻緒屋の家にはなかった柱だった。

「なかなかの骨組みでござるな」

無言で普請場を眺める佳乃に周五郎がいった。

「こんな小さな家なのにこれだけの柱が要るのね」

「佳乃さんよ、前の家と違い板屋根じゃなく瓦だからな。大黒柱をすえた分、瓦の重さを支えるようにしっかりとした柱組になっているぜ」

と老練な大工利介が言った。

「小さな家なのに大黒柱まで備わっているなんて、贅沢ね」

「この松材の丸柱はなぜか長いこと一本だけ木場に残っていたものなんだ。うちの棟梁が宮田屋さんの家には使えない、鼻緒屋に使おうじゃないかと大番頭さんと相談して使われることになったんだ。やはりさ、大黒柱があるとないとでは家の風格が違うよな」

と言い添えた。

「死んだお父つぁんが知ったら仰天するわね」

佳乃は正直な気持ちを口にした。

「弥兵衛さんならよ、『うちなんぞに大黒柱だなんて途方もねえ贅沢だ』と頑なに拒んだよな。だがな、大火事で時世が変わってよ、新たな鼻緒屋の建物だ。いささか節だらけだがよ、歳月を経るといい風合いになるぜ」

佳乃は利介の言葉を聞きながら、新しい鼻緒屋の象徴がこの松柱だと思った。

「どうですな」

声がして大番頭の松蔵が佳乃と周五郎の間に立った。

「びっくりしました。しがない鼻緒屋に大黒柱があるなんて」

「なかなかでございましょう。私がね、火事のあと、宮田屋の木組みを確かめに行った折に木場の片隅に転がっていた松材に目をつけたんですよ。たしかにすこしひねこびて節も多くございますがな、私の名が松蔵です、同じ松のせいか私の気性に合っているようでな、こちらの大黒柱にしようと棟梁と相談したんですよ。鼻緒屋の主が佳乃さんだとすると、この家の殿様はこの丸柱です」

と松蔵が言った。

「お父つぁんが生きていたら、決して大黒柱なんて考えられませんでした」

「前の家は、佳乃さんのじい様の代に建てられたものでしたからな、ようも五十数年頑張ってきましたよ。新しい女主になったんです、なにかこの家の中心になるものがあったほうが、貫禄がついてようございましょう」

「お礼の申しようもございません。今日明日にも深川入船町におられる旦那様にお礼を申し上げに参ります」

佳乃の言葉に頷いた松蔵が、

「一月もしてご覧なさい、新しい鼻緒屋が見えてきますよ。壁土さえ乾けば一月半後に引越してこられるはずだ。今年はどうも空梅雨のようだ、思ったより早く建ちましょう」

と言い切った。

佳乃は自分がこの新しい家の店先で鼻緒を挿げている光景を思い浮かべた。

「周五郎さん、仕事場の中二階に住んでくれますよね」

佳乃は松蔵の隣に立つ周五郎に念押しした。

「こんな立派な家が建つのだ。店の上に住まわせてもらい、しっかりと働こう。鼻緒屋のためだけではない、宮田屋さんや照降町のお店のためにな、それがし、微力を尽くす」

「はい、わたしもそう致します」

佳乃は応じながら、照降町や親に無断で三郎次に従い、三年のささやかな快楽と無限の地獄から立ち還った師走の宵のことを思い出していた。

御神木の梅に手を添えて家に戻るのを迷っていたことが、わずか半年ばかり前だとは到底思えなかった。

長い歳月が過ぎたような気がした。

そんな佳乃の気持ちを察したように松蔵が、

「佳乃さんが戻ってからあれこれとございましたからな。お互い何年も過ぎたような気がしますよ」

「大番頭どの、それがしも同じことを想うておった」

周五郎も同じ気持ちを吐露した。

鼻緒屋の普請場から大工たちが昼餉に行き、三人だけが残っていた。

「佳乃さんや、今朝の一件な、偶《たま》さか二丁町で旦那様に会いましてな、話しましたぞ。しばらく無言だった旦那様がな、『この話が実現できれば、照降町だけではのうて江戸の復興に活気をつける催しになります』と申されてな、若狭屋の旦那と話し合うていると答えられました。若狭屋さんは差し支えございますまい。あとは吉原の雁木楼さんを説得することです」

と言った。

金子がいくらかかるのだろうかと佳乃は思った。

梅花花魁に借財がかさむような形での企てだけはしたくないと佳乃は思っていた。だが、今口にすべきことではないと考え、頭を下げた。

周五郎は松蔵と佳乃が話し合う一件がなんの話か、理解がつかなかった。それで黙って問答を聞いていた。

「大番頭さん、佳乃さん、お侍さん、昼餉ですよ」

宮田屋の女衆の声が照降町に響きわたって三人は鼻緒屋の普請場をあとにした。

宮田屋の普請場では大鍋に煮られた海鮮鍋のいい香りがしていた。

むろん魚河岸もすべて問屋や店が焼失したが、江戸の台所と称される魚河岸だ。焼け跡を片付けたあと、数日後には青天井の地引河岸などで魚の取引きが始まっていた。そんな仮市場で魚を買ってきて、野菜などといっしょに味噌仕立ての海鮮鍋を調理することが多かった。その海鮮汁を丼に装《よそ》い、香の物と握りめしの昼餉を奉公人、大工ら職人衆、それに蘭方医の大塚南峰に見習医師の三浦彦太郎、むろん佳乃や周五郎も大勢がいっしょになって普請場を見ながら食するのが習わしになっていた。

佳乃は周五郎といっしょに宮田屋の広い敷地を見ながら海鮮汁を食した。

鼻緒屋の十倍以上もある敷地にはしっかりとした土台石が並び、庭の一角も片付けられて建築資材が積まれていた。堂々とした柱組の一階部分がすでに組み上がろうとしていた。

「物事にはなんでも分というのがあるのね」

と佳乃は思わず独り言を漏らした。

「佳乃どのは、宮田屋のお店と鼻緒屋の家を比べておられるか」

「おかしいわよね、つい比べちゃった。それでそう思ったの」

「こたびの大火事で世間の習わしや考えが変わるかもしれんな。元の照降町に戻ればいいが、おそらく三、四割方のお店はこの通りに帰ってこられまい。再建された照降町はどんな佇まいかのう」

と周五郎は呟きながら、

(その折、それがしはどこにおるのか)

と己の行く末に一瞬想いを巡らせた。

大火事のあと、照降町で寝泊まりする周五郎は、佳乃より住人の動静をあれこれと承知していた。

佳乃もなんとなく予測はついた。ともかく親店が宮田屋だったおかげで、いち早く店と住まいの目途が立ったのは幸せというしかなかった。

「佳乃どの、なんぞ新たな企てを考えられたか」

と周五郎が問うた。

「思い付きなの」

「佳乃どのの思い付きは人を動かすでな」

と周五郎が笑った。

「それって褒めてるの、茶化しているの」

「誉め言葉にござる」

「ござると来たか」

と応じた佳乃は梅花花魁がこの照降町を知っており、御神木の梅も承知だということを告げて、周五郎の問いに答えるのを避けた。

「ほう、梅花なる源氏名は照降町の御神木からきておるのかのう」

「どうかしら、梅花花魁は江戸生まれ、そしてこの界隈を承知なのはたしかね」

「そこで、佳乃どのはなにを思い付かれたのかな」

周五郎は佳乃が話をすり替えたことを覚っているようだった。佳乃はしばし迷ったあと、周五郎ならば話を胸に止めてくれると思った。そこで、声を潜めて、

「もし梅花花魁が大門を出て、この照降町で花魁道中をなしてくれたらと思ったの」

「なんと花魁道中をこの照降町でか」

「いくら全盛を極める梅花花魁といえども大門を出るのは容易くないそうなの。でも、梅花さんの妓楼の雁木楼の許しを得れば、花見や紅葉狩りに出るように出かけられないわけじゃない。ただしそれなりの大金が必要で、だれかが雁木楼にそれを払わなきゃならない」

「そこで旦那どのと大番頭どのに相談したか」

「ご免なさいね、周五郎さんに真っ先に相談しないで」

「佳乃どの、最後の決め手が大金となると、見習職人のそれがしでは話にもなにもならんでな。宮田屋さんのふたりに相談するのがまず先じゃな」

と周五郎が応じた。

「気になるのは梅花花魁の気持ちかのう。待てよ、佳乃どのとはすでにさような話は済んでおる

のじゃな」

「花魁がぽつんと漏らした言葉が切っ掛けよ。お金の話の目途がつけば、梅花花魁は承知してくれると思うわ」

「そして、三枚歯下駄は当然佳乃どのが造っておるもので、外八文字を踏むのだな」

周五郎の念押しに佳乃は頷いた。

「やはり佳乃どのの思い付きは人を驚かすな」

「だれを驚かすてか」

と南峰の声がしてふたりの傍らに茶碗を手にした蘭方医が立っていた。

「うーん、南峰先生にそれがしの驚きの声が聞かれたか」

「まさか佳乃さんがそなたに胸の想いを打ち明けたということではあるまいな」

「よう、察せられましたな、南峰先生」

「ま、真か」

「先生、照降町の女神様が半端職人に懸想などありえませんな、冗談ですぞ、じょうだん」

佳乃の話は南峰といえども告げてはならぬと思い、周五郎はそんな返事で応じた。

「であろうな。この界隈の男衆は大半が佳乃さんに惚れておるからな、八頭司さんといえどもさような話が持ち上がると、シマじゅうの男から怨嗟の声が投げつけられような」

「ということです。ところで南峰先生、若狭屋の長屋の跡地に診療所が建つ話は進んでおりますかな」

「おお、若狭屋さんからも宮田屋さんからも話があったでな、鼻緒屋を普請している三人の大工衆がな、そちらが終わり次第取り掛かるそうだ。どうやら年内に診療所が持てそうじゃな」

「ようございましたな、なによりな話です」

と周五郎が応じたとき、彦太郎が、

「先生、患者が何人も待っておりますぞ。それが皆、手に診療代やら薬代の銭を握っております」

「なに、わしが銭に困っているという噂がシマ界隈に広まったか。有り難いことじゃ。となれば、もうひと仕事せねばなるまい」

と言い残して立ち去りかけた南峰が、

「八頭司周五郎さんや、おまえさんが佳乃さんを口説く折は、わしに相談せよ。いいな、そなたらによく効く薬を調合してやるでな」

「さような心配はご無用に願います。師匠と見習弟子、浮いた話は一切ございません」

と周五郎が応じると、

「そうか、そなたは目が悪いのではないか。たれぞ医者に診てもらえ」

「医者は大塚南峰先生ですぞ」

「おお、わしは医者じゃが、恋の病と眼病は治せんでな」

「見習弟子の周五郎さんがいうように先生の診立ては勘違いです。先生、彦太郎さんが待っておられますよ。まずはあちらの患者さんから病を治してくださいな」

と佳乃に言われて、南峰が、

「そうか、わしの診立てが違ったか」

と呟きながらふたりの前から仮診療所に向かった。


佳乃と周五郎は昼餉のあと、ぽつんぽつんと姿を見せる客を相手に鼻緒の挿げ仕事をしていたが、八ツ半（午後三時）を過ぎたあたりからふたたび女客が詰めかけて佳乃は息つく暇もないくらい仕事をした。そして、七ツ半過ぎにようやく客の姿が少なくなった。

「今日も忙しゅうございましたな」

大番頭の松蔵が姿を見せた。

「若狭屋さんも、やはり佳乃さんが船商いに姿を見せると客が増えると喜んでおりましたぞ」

「大番頭さん、わたしのせいではございません。照降町の船商いが読売などで江戸じゅうに知られたようで、結構遠いところからお客様が見えるようになったんですよ。これまでのお客様の口伝えもあって照降町の船商いに新しいお客様が見えたのです。四宿の品川や内藤新宿から火事のあとの様子を見にきたついでにこちらに寄ってくれました」

「そうそうこの船商いを読売が書いてくれましたな。まあ、照降町の名が知られることはいいことです」

と満足げに言った松蔵が、

「若狭屋の旦那とうちの旦那様が本日会ってな、ふたりして近々吉原を訪ねることが決まったそうです」

　と佳乃に小声で言った。

「となればわたしも梅花花魁に会ってお気持ちを確かめたほうが宜しゅうございましょうね」

「そうですな。前回吉原を訪ねた折の注文の品もございましたな。あの品々は出来ておりますかな」

「いいえ、こたびは履物と鼻緒を挿げずに吉原に持ち込み、花魁衆の好みで選んでもらい、その場で花魁の御足に合わせて鼻緒を挿げようかと考えました」

「ならば、旦那様方が参られる前に吉原を訪ねられますかな」

　はい、と答えた佳乃が、

「いささか心配なのは下り物の草履や下駄、それに鼻緒が品薄になったことでしょうか。過日の折とは違った品を吉原に持ち込むことができるといいのですが」

　と気にかけていたことを口にした。

「佳乃さん、案じなさるな。摂津から船が佃島沖に到着しましてな、明日から船下ろしした品が深川入船町のうちの別邸に運び込まれます。どうですね、佳乃さん、明日、船から荷下ろしする品を見に来ませんか」

　と誘った。

　どうやら松蔵のいちばんの用事は下り物が到着したことを佳乃に告げることだったようだ。

「それはうれしい話ですし、楽しみです。吉原の遊女衆も京の流行り物の履物を目にすれば、きっと喜ばれます」

「ならば、明日の昼過ぎに因速寺に手代の四之助を迎えにやりますでな」

と松蔵が言い、

「どうですな、八頭司さんも千石船の荷下ろしを見物に行かれませんか」

と誘った。

「それは興味深い話ですな。ですが、それがしはこの照降町に残っていたほうが宜しいのではございますまいか」

周五郎の返答にしばし松蔵が沈思した。

「そうですな。普請があちらこちらで始まっておりますからな。厄介ごとや騒ぎが起こった折に八頭司周五郎さんがこちらにいるのといないのとでは、始末の付け方が違いますでな」

「京からの新しい品はわが主どのにお任せして、それがし、この船にて紙緒を挿げながら普請場の見廻りを致しまする」

「そうしてくださいますか」

松蔵も周五郎が照降町に残ることに同意した。

大番頭の松蔵が船店から去ったあと、佳乃が、

「周五郎さんがいて照降町は大助かりよ。だれもが周五郎さんのことを頼りにしているもの」

「佳乃どの、それがしは照降町の雑用をこなす役目でな、宮田屋の番頭どのや手代衆の手助けをしているだけでござる。まあ、かような経験は大火事のあとでもなければまず出来まいな」

「それはたしかね。わたし、自分の店と家の普請を見るなんて夢にも思わなかった」

「こちらも片付いたで、鼻緒屋の普請場をもう一度見てみぬか」

あとを見習番頭の菊三らに任せて、

「お先に失礼します」

「ご苦労さんでしたな」

と言い合ってふたりは船店から下りた。

大火事の被害に遭わなければ十年かけても親店の宮田屋の奉公人らと鼻緒屋の女職人がこれほどまでに親密にならなかったろうと佳乃は確信していた。それもこれも身罷った弥兵衛やじい様の代からの付き合いがあったからだと、先祖に感謝した。

鼻緒屋は、昼よりさらに造作が進んで二階部分の柱が立ち始めていた。

「台所がだいぶ以前のものと違うな」

「棟梁の銀七親方が工夫した絵図面を引いてくれたの。台所にはお天気の折に開けられる天窓があって光が入るようになるんですって。二階への階段の位置も変わったわ。二階はおっ母さんとわたしの部屋には変わりないけど、わたしの部屋が納戸のない分少しばかり広くなったって。出来上がりが楽しみだわ」

「なにしろ照降町で最初に出来るお店だからな」

「そうね」

とふたりが言い合うところに大工の利介が二階の梁から梯子段で下りてきて、

「佳乃さんよ、どうだい、木の香りのする自分の家を見る気持ちはよ」

と問うた。

「これが鼻緒屋なのか、信じられない気持ちよ。川向こうからおっ母さんを連れてこなきゃあ。普請中の家を見る機会なんてめったにないもの」

「ああ、そうしなせえ」

と利介が言い、

「船商いもなんとなく江戸じゅうに知られたようだな」

と尋ねた。

「お陰様でお客様が途切れることもなく来てくれるわ」

「佳乃さんがさ、照降町に戻ってきたのが半年ほど前とは到底思えないな。毎日、あれこれと起こるもんな」

と利介が自分の建てる鼻緒屋の柱組を見上げた。

四

その夕暮れ、佳乃が照降町から深川黒江町の因速寺の仮住まいに宮田屋の船で戻ったあと、宮田屋の普請場では昼餉の折の半分ほどの人間が集い、夕餉を待っていた。

そのとき、前の通りにひとりの武家が佇んで夕餉の場を窺い見ていた。

「八頭司さんや、そなたに用事のお方ではないか」

と通りに背を向けていた周五郎に大塚南峰が教えた。

周五郎は南峰の視線を見て振り返った。

年配の武家が確かにじっとこちらを注視していた。

「そなた以外、武家方の知り合いをもつ者などだれひとりおるまい」

「でしょうな」

と切り株から立ち上がった周五郎は傍らに置いた刀を右手に下げて武家に歩み寄った。

宵闇が迫り、通りには煮炊きの火の明りが微かに届いているばかりだ。

三間ほど近づき、周五郎は、

「直用人《じかようにん》」

と相手の正体が分った。

豊前小倉藩六代目藩主小笠原伊予守忠固の直用人、鎮目《しずめ》勘兵衛《かんべえ》であった。鎮目は藩主小笠原忠固が信頼をよせる忠臣のひとりであった。江戸家老に次ぐ江戸藩邸の重臣だが、そんな鎮目が供も従えず焼失した町屋跡に佇んでいた。

「そのほう、町人らと表で夕餉を食しおるか」

なんという暮らしかという非難の口調だった。

「直用人、この界隈はすべて灰燼《かいじん》に帰したのはお分りになりましょう。屋根の下で物を食するところなどどこにもございません」

と言った周五郎は、

「それがしになんぞ御用ですかな。ご存じのようにそれがし、藩を離れて二年を過ぎましたぞ」

「藩を離れたとな、殿はさようなことは与《あずか》りしらぬと申されておる」

「なんと、殿はさような考えでおられますか」

と応じながら、鎮目勘兵衛は藩の内紛において重臣派にも改革派にも与していなかったはずだ、と考えていた。つまり殿ひとりに忠誠を尽くしている。

「そのほうに藩の者たちがあれこれと誘いをかけておるようじゃな」

「藩邸内でそれがしをどう考えておられるか存じませぬが、もはや浪々の身、藩内のお方の誘いを受けたところでなんの力にもなれませせぬ。ただいま、火事で焼失したこの照降町の復興に微力を尽くす所存にございます」

と忌憚のない気持ちを告げた。

「もはや、小倉藩小笠原家とは一切関わりないと申すか」

「その通りです。念をおされるには及びません」

周五郎の返答に鎮目がしばし沈黙し、

「屋敷に戻る。その辺りまで付き合え」

と命じた。

周五郎は手にしていた刀を後ろ帯に差した。その動きを鎮目は黙って見ていたが、

「左腰に大小を手挟《たばさ》まぬとは武家奉公を辞めた証か」

「そうお考えになっても一向に差し支えございません」

「そなたには重臣派からも改革派からも誘いかけがあった、そうだな」

「お答えしたくありません」

「先日、そのほうの実兄裕太郎が参ったな。この一件も答えぬか」

「参りました。父の書状を届けに来たのです」

「御番頭はなんと文に書いておった」

「鎮目様、私信にござれば用人どのにも、父の気持ちを告げる気はございませぬ」

「周五郎、兄の立場を承知じゃな」

「言動にて察することはできます。されどそれがしは最前から縷々《るる》申し上げましたように、豊前小倉藩の内紛に関わりとうはございませぬ」

鎮目は無言で歩いていたが、荒布橋の手前で足を止めた。

「そのほうらが守り抜いたという御神木の梅はこれか」

と御幣が白く浮かぶ注連縄が張られた幹を見た。

「はい、照降町の全員の住人の力にて守り抜きました」

と応じた周五郎は、

「兄はどうしておりますか」

と鎮目の歩みに合わせて橋を渡りながら質した。

「裕太郎か、そなたに断られたせいか自ら重臣派の先陣に立ち、改革派を潰す気でおる」

「愚かなことを」

と思わず呟いた。

「愚かな行動か」

「憎しみを持って反対派を潰せば怨念はさらに強まりましょう。小倉藩の内紛は恥辱の文化十一年、福岡藩黒田家に藩士三百六十人が脱藩して以来、十数年繰り返されております。もはや直用人どのに説明することではありませぬが」

「殿もそのことを案じておられる」

「鎮目様、あなた様はどちらかの派に与しておられますか」

「なぜさようなことを尋ねるや」

「待つ輩がおりますでな」

「なにっ」

地引河岸の引き揚げられた船の間から数人の人影が姿を見せた。どうみても譜代大名の家臣の風体ではなかった。三人、いや、四人か。

「そのほうに関わりがある手合いではないか」

「鼻緒屋の見習職人を斬ったところでなんの益になりましょうや。直用人鎮目勘兵衛様を狙っておると見ましたがな」

両者の間は三間ほどに縮まっていた。

「何用か」

と鎮目が質した。

「豊前小倉藩江戸藩邸の直用人だな」

と四人のひとりが質した。

やはり重臣派か改革派に雇われた浪々の剣術家と見た。

「たれぞに小銭で雇われたか」

「小銭などと蔑みおったな」

「蔑んでなどおらぬ。わが藩のだれがそのほうらに願おうともだれも大金など持っておらぬ。その証が藩内のもめ事よ」

と鎮目が自藩の恥まで晒して言い放った。

「いや、約定の金子を払わぬ時は世間に恥をさらすというてある」

「愚か者めが」

「斬る」

と三人が刀の鯉口を切り、ひとりは刀を抜いた。

従う周五郎が左腰に刀を差していないので、侍とは見なかったのか。

「刻限も早い。人の眼もあるところで乱暴狼藉はよしたほうがいい」

周五郎が静かな口調で諭すように言った。その言葉遣いに周五郎が自分らと同業の類と見たか、

「こちらは四人、余計な手出しをなすと怪我をすることになる」

と刀を抜いた小太りの剣術家くずれが間合いを一気に詰めてきた。

周五郎も同時に右の背から同田貫を鞘も払わず抜くと鐺《こじり》で相手の胸を鋭く突いた。悲鳴を上げた相手が後ろに吹き飛んで背中から地面に落ちた。

「おのれ」

と叫んだ三人が刀を抜こうとした機先を制して周五郎は鞘尻で次々に鳩尾や胸を突いた。三人が一瞬の内にひとり目同様に後ろに飛ばされて悶絶した。

「玉屋！　鼻緒屋のお侍さんよ、相変わらずあれこれと厄介ごとを抱えてやがるか」

騒ぎを見ていた魚河岸の兄さんが声をかけた。

「やるに事欠いてそれがしから金子を奪おうとしたのだ。鼻緒屋の見習職人の懐にいくら入っておると思ったかのう」

「ふーん、銭目当てじゃねえようだが」

と最前からの剣術家との問答を聞いていた、別の兄さんが言った。

「すまぬがただ今見聞したことは忘れてくれぬか」

「合点承知の助だ」

と普請中の魚河岸の不寝番の頭分が応じた。

「参りましょうか」

「送ってくれるというか」

と応じた鎮目勘兵衛の口調が最前とは微妙に変わっていた。

日本橋川の北側沿いに河岸道を歩きながら、焼け落ちた日本橋の傍らを通り過ぎた。

「八頭司周五郎、そなたの腕前は噂に聞いていたが、噂に違わぬ技量じゃのう」

「直用人どの、相手が相手です」

「兄の裕太郎はそなた同様に八頭司家秘伝の剣術、神伝八頭司流の遣い手か」

と鎮目直用人が質した。

しばし返答を迷った末正直に話すことにした。

「兄は剣術修行が苦手でした。どちらかといえば政《まつりごと》に関わって動くようなことが好みかと思います」

「ゆえに八頭司裕太郎は弟のそなたの腕を借りようとしたか」

その問いについては答えなかった。

「それがしがそなたに会うことを承知なのは限られた人間じゃ」

「とは申せ、ひとりが承知なれば次から次へと伝わるのがわが藩にございます」

「われらは武士じゃぞ。話してならぬことは話さぬ躾《しつけ》は幼いころから受けて参った」

「ならば、なぜあのような者たちが直用人どの目当てに現れますな」

周五郎の問いに鎮目が黙り込んだ。

「それがしにそなたに会うように命じられたのは殿じゃ」

と不意に鎮目勘兵衛が言った。

「殿は、なぜ八頭司家を出たそれがしに会えと申されたのでござろうか」

「そなたが藩の内紛に関わっておるかどうか知りたかったのではないか。それがしはそう思って確かめにきた」

「なんのためにですか」

「殿の真意は知らぬ」

鎮目直用人の返答は明瞭だった。

「鎮目様はそれがしが藩の内紛に関わるほど愚か者と考えられましたな」

「いや、藩の内紛より照降町のために力を注いでいることがよう分った。殿にはそう報告する心算じゃ」

河岸道から焼け落ちた一石橋を横目に外堀沿いに常盤橋《ときわばし》へと向かった。常盤橋を渡れば譜代大名などの江戸藩邸が並ぶ一帯で、もはや鎮目直用人を襲う者はいるまいと周五郎は思った。

常盤橋を渡ったところで、

「それがし、これにて失礼します」

と周五郎は足を止めた。

「八頭司周五郎、殿に申し上げることはなきや」

「直用人どの、それがし、部屋住みの身にございました。一時長崎聞役を命じられたことはあっても家臣とはいえますまい。さような者が、殿に申し上げる言葉などありましょうや」

「部屋住みの身で長崎聞役を務めたものがそなたの他におるか」

「さあてどうでしょう」

周五郎の言葉を聞いた鎮目勘兵衛はなにかをいいかけて止めると、

「さらばじゃ、そなたとはまた会う気がする」

との言葉を残して道三堀の北にある小倉藩江戸藩邸に向かって歩いていった。

この刻限より少し前、佳乃は宮田屋の船に送られて因速寺の仮家に戻った。すると夕餉の仕度をしていた八重が、

「下駄職人の、なんという名かね、あの兄さんから届けもんだよ」

「伊佐次さんよ、幾たびもこの家に訪ねてきているんだから、名前くらい覚えてよ」

と応じながら仕事場を見回した。

うす暗い仕事場の片隅に風呂敷包みがあった。

「伊佐次さんたら、早三枚歯を拵えたのかしら」

と独りごちながら行灯の灯りを点けた。

「なにか言付けはなかったの」

置き文などを職人がなすことはない。大概は仕事を見て判断しろなどと言う。

「試しに造ったんだと。試しだからさ、好きなようにしていいって言い残していったよ」

ふうん、と応じた佳乃は梅花花魁の三枚歯下駄造りに伊佐次も腐心していることを知った。

佳乃は奥の部屋に入る前に風呂敷包みを行灯のもとへと運んできた。その瞬間、最初に造った三枚歯よりも、

「軽い」

と思った。

風呂敷を解くと桐材の真っ白な三枚歯は、さらに洗練されて軽いうえに下駄の歯底はしっかりとしていると思った。こたびの三枚歯の試しは、台と三枚歯が一体の桐材で造られていた、つまり差し歯ではなかった。そして三枚歯の内側に高さを違えた丸い穴を彫り込んであった。

「伊佐次さんたらあれこれと考えたわね」

佳乃は穴の中に鈴を一つ入れて下駄を緩やかに振ってみた。穴に反響して鈴音が凜と響いた。もし大きさの違う鈴を二つ、あるいは三つ穴で響かせたら、どんな音色がするのか。

「佳乃、夕餉だよ」

「おっ母さん、先に食べて。わたし、伊佐次さんの仕事を試してみたいの」

八重がなにか言い返したが、もはや佳乃の耳には届かなかった。

真ん中の歯の穴に入れた鈴を紙縒《こよ》りで吊るしてみた。伊佐次は鈴を吊るす小さな鉤《かぎ》をつけていた。

佳乃は辺りにあった鼻緒を手早く挿げた。

仕事場の柱に摑まりながら、三枚歯に身を乗せて、そろりと外八文字を踏んでみた。すると足元から軽やかかな鈴の音が響いた。

(伊佐次さん、これはいいわ)

と満足した佳乃は、真っ白な桐材を凝視した。

(直ぐにも絵を描いてみたい)

と思った。

絵師狩野一悠から分けてもらった岩絵の具があった。

「試しだから、好きにしていい」

と八重から伝え聞いた伊佐次の言葉が頭に響いた。

佳乃は一悠から使い方を教えてもらった岩絵の具と筆を用意した。三枚歯に描く模様は、すでに決まっていた。

梅花花魁も佳乃の思い付きに賛意を示してくれるだろう。

右と左の三枚歯を膝の前において凝視した。

「夕餉はどうするのさ」

と母親が呼びかけた。だが、佳乃はもはや伊佐次が造った三枚歯下駄の、

「虜」

になっていた。

「食べないんだね」

「いまはいいの」

と無意識のうちに応えて、三枚歯に見入った。右足の絵はやはり大小の白梅の花を散らしたかった。

散る花を花魁のもちものに描くのは、

「あとは散るだけ」

と嫌がられると絵師の一悠がいった。

だが、佳乃が考えていたのは、大小の白梅に埋め尽くされた三枚歯だ。白梅の背後は黒漆で浮き立つだろう、と思った。

さて、左の三枚歯の外側は、地色は、あの、

「炎」

の橙色《だいだいいろ》とも赤ともつかぬ猛炎だ。

さすがにここまで詳しくは梅花に話していない。

右と左の三枚歯の地色も絵も違うが、梅花花魁が許してくれようか。ふたりはこれまであれこれと話したが、新しい三枚歯の絵は佳乃の胸の内で考えていたことだ。

まず自分が得心する三枚歯を創ることだ。梅花がよいと思わなければ、またやり直せばいい、と覚悟した。

佳乃は真っ新《さら》な三枚歯に地色の黒と炎の色を塗った。黒は静的に丁寧に、炎は動的に大胆に塗った。

もはや八重は佳乃を夕餉に誘うことを諦めたようでなにもいわなかった。

三枚歯の絵は徹宵《てつしょう》しても描けるかどうか、佳乃は憑かれたように絵筆を動かした。

夜が更けて、未明の闇が夏の朝へと変わっていた。

行灯の灯りに代わって橙色の光が仕事場に射し込んできた。

自然の光のなかで三枚歯下駄の絵を見た佳乃は、

（できた）

と思った。

時がどれほど過ぎたか、佳乃は疲労より達成感で満ち足りていた。

「佳乃さん、えらく早起きして仕事をしなすったな」

宮田屋の大番頭松蔵の声が佳乃に届いた。

「おや、大番頭さん、まだおられましたか」

佳乃は刻限がいつか分らず、松蔵がずっと佳乃の傍らにいたと勘違いしていた。

「な、なに、あんたさん、夜通し仕事しておったか」

佳乃の様子を見た松蔵の視線が朝の光に浮かんだ三枚歯に向けられた。

しばし無言で凝視していた松蔵が、

「これが梅花花魁の三枚歯ですかな」

「大番頭さん、試しにございます」

さらに三枚歯に近づいてしげしげと無言で見入った松蔵が、

「なんとも大胆な絵を描かれましたな」

と言った。

松蔵が得心したかどうかわからないが、最後に決めるのは梅花花魁だと佳乃は思った。

第五章　花魁道中

一

朝湯に行った佳乃が家に戻ると、夕餉の膳がそのままに残っていた。母親の八重が温め直した茄子の味噌汁を食して仮眠の床についた。

目覚めたのは昼九ツ過ぎだった。手早く身仕度をしていると、

「おい、よしっぺ、宮田屋の大番頭さんからよしっぺのところに行けって命じられたが、仕事かえ」

と叫ぶ幸次郎の声が外から聞こえた。

「大番頭さんたらせっかちね。いいわ、船着場で待っていて、直ぐいくから、おねがいよ」

三枚歯を包んだ風呂敷包みを下げて寺の山門前の船着場に止めた幸次郎の猪牙舟に乗り込んだ。

「照降町かえ」

「違う、山谷堀に行って」

「なに、花魁衆の注文の仕事を夜明かししてなしたか」

「まあ、そんなとこね」

佳乃から行き先を聞いた幸次郎が手際よく猪牙舟を黒江町から仙台堀に向かわせると大川に出した。

夏の陽射しが白い光になって大川の川面を照らし付けていた。

「胴ノ間に日傘が転がっていよう、使いねえ。季節のなかでも一番強い陽射しだぜ」

幸次郎が櫓を操りながら言った。

「ありがとう。幸ちゃんが人気船頭というのがよく分るわ。でっかい体に似合わず心遣いが細やかなのよね」

「へへっへへ」

と笑った幸次郎が、

「おりゃ、親父の代から船頭だがよ、船に乗ってくれた客と話すのが好きなんだ。天職というのかね。親父は無口でも馴染み客を摑んでいるがよ、おりゃ、客と話しながら櫓を漕ぐのがいいな。偶《たま》によ、船頭、少し黙って櫓を漕ぎねえと言う客もいないわけじゃないが、まあ多くの客は胸のうちに抱えている悩み事や嬉しい話をしてくれるぜ」

と言った。

「幸ちゃんはわたしの悩みが分るの」

「よしっぺの悩みな。弥兵衛さんが身罷ったあと、おめえさんの悩みは仕事だね。ここんとこ無理して仕事をしているぜ。そう宮田屋を稼がせることもあるまい。もう少しゆったりと仕事をしねえな」

と忠言までしてくれた。

「さすがに幸ちゃんね、わたしがなにに悩んでいるかお見通しね」

「いくら客の注文たって夜通し仕事をすることもないぜ。それは梅花花魁の注文の品だよな」

「そんなとこね」

と応じた佳乃が、

「シマ界隈でなんぞ厄介ごとはあるの」

「あるといえばあるな。火事で燃えたシマ界隈のお店の三割から四割が建て直す目途が立ってねえな、もはやシマには戻ってこれそうにねえ」

と幸次郎が言った。

「それは聞いたわ。照降町に戻ってこられないお店があるのね」

「地張煙管《じばりきせる》問屋の綿木屋もだめだとよ」

「えっ、煙管職人の仁吉さんも照降町からいなくなるの」

「おお、確かな筋からそう聞いたな」

佳乃は大火事の夜命を張って炎からお店を守ろうとした仁吉と会えなくなるかと思うと無性に哀しくなった。

「うちは親店が宮田屋さんで助かったわ」

「とはいえ、そこまで身を粉にして働くこともねえ、弥兵衛さんの二の舞にならないでくれよ。

哀しむ男がシマじゅうにいるからよ」

　幸次郎の親身な言葉に頷いて、

「幸ちゃんもわたしのことを案じてくれてるの」

「当然よ」

　と即答した。

「最近、周五郎さんと話した」

「おお、時折りな、長話じゃねえが言葉は掛け合うぜ。よしっぺは知るめえな、昨晩もよ、周五郎さんを旧藩のお偉いさんが訪ねてきたってよ」

「家来が二つに分かれて争っているのよね、どちらの一派かしら」

「それがな、どちらでもねえとよ。殿様のお傍に仕えるお方だというから、殿様の言葉を伝えにきたんじゃないか」

「驚いた。周五郎さんって殿様にまで頼りにされているの」

「そのへんのことはよく分らねえが、地引河岸でよ、殿様のお使者を斬ろうとしたやつらが反対に周五郎さんに刀の鞘頭で突かれて這《ほ》う這《ほ》うの体で逃げていったそうだぜ。そいつをおれの仲間が見ていたのよ」

「周五郎さんに怪我はないのね」

「あるわけはないな。なんでもよ、仲間の話だと、殿様の使いを斬ろうとしたのは浪人者だとよ、そいつらの働きを見ていたひとりが藩の人間じゃねえかっていっていたがね」

「呆れた話ね、それを聞いただけで、周五郎さんが藩に戻りたくないのが分るわ」

「それよ、よしっぺ。殿様の使いまで周五郎さんに会いにくるってのは一度聞いたがよ、藩の名なんて忘れちまったが、その藩には頼りになる家来がよ、いないということじゃないか」

「そうね、幸ちゃんの見方はあたっているわね」

「となると、厄介じゃねえか、照降町にとってよ。周五郎さんは今や照降町の家老か用人みたいな役柄だろうが。照降町ばかりかシマ全体を纏めていなさる」

幸次郎の漕ぐ猪牙舟は、御米蔵を横目に御厩《おんまやが》河岸《し》之渡に差し掛かろうとしていた。猪牙舟の前を渡し船が大川の右岸から左岸に横切っていった。

強い陽射しを浴びてたくさんの乗合客で込み合っていた。

「周五郎さんが藩邸に戻るというの」

「殿様の頼みだぜ。親父も兄貴も家来だよな、藩に世話になってんだろうが。となるとこんどばかりは容易く断れめえ」

幸次郎の言葉を佳乃は熟慮した。

「いえ、周五郎さんは照降町がなんとか立ち直るまで必ずいてくれると思うの」

と佳乃は答えながら、父と兄が家臣でいるだけに周五郎は殿様の願いを拒むことができないという幸次郎の推量は当たっていると思った。

「ともかくよ、照降町がいつもとに戻るか、よしっぺと周五郎さんの力は大きいからな」

「わたしはただの鼻緒職人よ。でも、周五郎さんは、だれがなんといってもやはりお武家様の血筋よね」

「おお、頼りにされるよな」

と言った幸次郎が、

「よしっぺもどこかで八頭司周五郎さんがよ、照降町からいなくなると思ってんだろうが。おりゃ、そう思いたくねえが、お侍はやっぱりよ、おれたちと違ってお侍だよな」

と言い添えた。

長いこと沈黙して考えていた佳乃が、こくりと頷いた。


「おや、本日は独りですかえ」

佳乃の顔をすでに頭に刻み込んでいた吉原会所の若衆頭の成次郎が大門前で尋ねた。

「本日は雁木楼の梅花花魁にお会いするだけでございます。大門を潜ってようございますか」

「おまえさんの切手が出来ていたはずだ。おれについて来ねえ、四郎兵衛様に尋ねてみよう」

佳乃を吉原会所に伴い、成次郎が独りだけ奥に向かった。しばらくすると、板に焼き印と四郎兵衛の署名がある切手を手にして戻ってきた。切手とは吉原に出入りする女が携帯していなければならない鑑札だ。

「四郎兵衛様がさ、雁木楼の用事が終わったら、ちらりと会所に寄りねえと言っておられたぜ。おまえさんに用事だとよ」

「はい、承知しました」

新しい切手を手に吉原の老舗の大籬の一軒、雁木楼に通った。昼見世が始まる刻限で遊女たちが張見世《はりみせ》に序列どおりに並んで座していた。

暖簾を潜ると遣手と番頭が話していた。

「照降町の鼻緒屋の佳乃にございます。梅花花魁にお目にかかることができましょうか」

ともらったばかりの切手を見せながら願った。

「おお、宮田屋さんとこの女職人だったな。おまえさんの挿げた下駄は履きやすいってな、遊女が褒めていたぜ」

「有り難うございます。未だ半人前の鼻緒挿げでございますが、世辞にもそう言って頂けると励みになります」

とふたりに頭を下げた。

「佳乃さんといったね、花魁がお待ちだよ。よほどおまえさんと話が合うらしいね。大階段を上がってさ、廊下を進んだところが花魁の座敷だよ、もう承知だね」

「はい、承知しております」

佳乃は日和下駄を脱いで揃えた。

大階段を上がるといつぞや梅花が初めて外八文字を見せてくれた大廊下に出た。

梅花の座敷は夏に用いる葭障子《よししょうじ》がはめられていた。廊下に座した佳乃が、

「照降町の鼻緒職人佳乃にございます。梅花花魁、少しだけ暇をお貸しくだされましょうか」

と声を奥にかけると禿が姿を見せて、障子を引き開け、どうぞ座敷にお通りください、と言っ

た。

広座敷で素顔の梅花は文を認《したた》めていた。

「花魁、お仕事中ではございませんか」

「佳乃さん、素顔の折は花魁ではございません、梅香ですよ」

と応じて筆を擱《お》くと佳乃に向き直った。

「いましばらく梅花花魁と呼ばせてくださいまし」

と願う佳乃に、

「おや、荷をお持ちのようですね、佳乃さん」

と関心を示した。

「花魁、三枚歯の試しを造ってみました。まずは花魁に見てもらい、正直な感想を頂戴しとうございます」

ふたりだけの座敷で佳乃は風呂敷を解いた。

梅花が、じいっと見ていた。片方ずつ白麻に包まれた三枚歯が現れた。

「しばしお待ちください」

佳乃は、右足の三枚歯から白麻を解いて、さらに左足も解いた。その動きを見ていた梅花の前に左右きれいに揃えられた三枚歯下駄がすっと押し出された。

無言で三枚歯の試し下駄を見ていた梅花が、右の三枚歯に描かれた白梅の大小の花びらに顔を寄せて、恐る恐るといった表情でそれを手にした。すると、

ちりん
と鈴の音が響いた。

「なんということが」

と感に堪えた体の梅花が漏らし、

「梅の花だけの絵は、満開を過ぎて散った花びらだと嫌がるお方が色里にはおられると聞きました。ですが、わたしは敢えて梅の名を持つ梅花花魁が外八文字で一歩を踏み出される三枚歯には、梅の花を満開に散らしとうございました。この梅の花々は決して散ることはございません」

佳乃が言い切った言葉に、梅花が三枚歯下駄を抱きしめて、

「最後の三枚歯にありんす」

と謎の言葉を漏らした。

「花魁、こちらはいかがでございますか」

と次は左足の下駄を差し出した。右の三枚歯を置いた梅花が佳乃から左足を受け取った。そこにはがっしりとした梅の幹に一輪の梅が猛炎の明りに浮かんでいた。

「佳乃さん、あなたが命を賭して守ってくれた照降町の梅にございますね」

「はい」

「佳乃さんは私の命の恩人です」

「梅花様、照降町の梅は清雅な白梅にございます。されどあの夜、江戸じゅうを焼き尽くそうとした炎は白い梅を赤く染めておりました。なんとしてもこの梅を守りたい、さすれば照降町が燃

えてしまっても、いつの日か必ずや復興すると信じてこの太い幹にしがみついておりました」

「やはり梅の恩人は佳乃さんです」

「花魁、この絵模様でようございますか」

「この絵を描いたのはどなたです」

「わたしが描きました」

と答えた佳乃は、狩野派の絵師狩野一悠に会った経緯とふたりの問答を梅花にすべて告げた。

梅花は、

「佳乃さん、狩野一悠様は、女心がお分りの絵描きさんです。でも、私は佳乃さんに描いてもらいとうございます」

と言い切った。

「ならば、下駄職人の伊佐次さんの手助けで大詰めの三枚歯下駄を造らせてもらいます」

と梅花花魁に約定した佳乃は、

「花魁、三枚歯が完成した暁には、いつお履きになりますか」

しばし考えた梅花が、

「次の大紋日は玉菊燈籠が飾られる七月か、八朔《はっさく》でしょう。梅はたしかに春先の花ですが、名妓玉菊様を偲ぶ大紋日はいかがでしょう。間に合いましょうか」

「花魁、十二分に工夫する日にちがございます。安堵致しました」

と応じる佳乃に、

「ここからは佳乃さんと梅香の間柄です」

と梅花が幾たび目かの提言をして、

「佳乃さんになんぞ褒美を考えぬといけませんね」

と言い添えた。

しばし間を置いた佳乃が、

「ご褒美を頂戴できますすか」

「なんぞ注文がありそうな顔ですね、佳乃さん」

「はい、ございます」

「なんですね」

「いつぞや照降町で花魁道中をしたいとの想いを漏らされましたね、あのお気持ちは未だお持ちですか」

「むろんです。ですが、私どもが大門の外に出ることは難しゅうございます」

佳乃は過日知った話を思い出しながら質した。

「紅葉狩りや花見の折には御贔屓の旦那様のご助勢があれば叶うのではございませんか。むろん大金がかかる話と聞いております」

「はい」

と返事をした梅花は、佳乃が言い出したことはなにか企てがあってのこと、ただ問うているのではないと察した。

「となれば楼の許しを得て、御贔屓様のおひとりにお願い申しましょうか」

と言い出した。

「梅花様、照降町で花魁道中をこのお盆になすということは、あの三月の大火事で亡くなられた、たくさんの人々を供養し、被害に遭われた人々を元気づけることになりましょう。としてもわたしは、梅花花魁の借財が増えるような頼みはしとうございません。

照降町の二軒の老舗、宮田屋さんと若狭屋さんがこの催しに手助けしたいというておられます。近々、ふたりの旦那様が雁木楼と吉原会所に相談に参るはずです。その折、花魁、このお話をお断りになることだけは避けて頂きとうございます」

しばし沈黙した梅花が、

「この話、佳乃と梅香のふたりの女の話から始まったことですね」

「いかにもさようです」

「佳乃さん、そなたが命を懸けて守り抜いた御神木の梅の前で道中する企てをだれが断りましょうか。『全盛は花の中行く長柄傘』と評されますように、花魁もまた栄枯盛衰を避けることはできません。佳乃さん、梅花が散る日をどう迎えるか、ある思案をただ今思いつき、決めました」

と梅花は佳乃が想いもつかない言葉を吐いた。とはいえ、それ以上問いただすことはできなかった。

山谷堀に待つ幸次郎の猪牙舟に戻った佳乃の顔に、安堵と憂いの両方が浮かんでいることを幼馴染は見てとった。

「仕上げた品を持ち帰らされたか」

と大川の流れに乗ったとき、幸次郎が佳乃に聞いた。どうやら花魁からダメ出しされて品を持ち帰ってきたのだととったようだ。

「いえ、そうではないわ。反対に大きな一歩を踏みだしたのよ」

「それにしちゃ、よしっぺの顔が疲れ切っているな」

「そりゃそうよ、昨日夜通し起きていたんだもの」

と幸次郎がもうすでに知っている話で佳乃は応じた。

「会ったのは梅花花魁だよな」

頷いた佳乃が、

「そのあと、吉原会所の四郎兵衛様にお会いしたの」

「厄介ごとか」

「厄介ごとかどうか分らないわ。当分様子を見守るしかないわね」

と答えた。

「幸ちゃん、猪牙に揺られながら照降町まですこしだけ寝ていい」

「おお、好きにしな。その日傘を顔にかけて夏の陽射しを避けるんだぜ」

と幸次郎が言った。

佳乃は猪牙の舟べりに手を添えて顎を乗せた。すると大川の流れがきらきらと光っていた。

四郎兵衛からは、豊前小倉藩小笠原家の家臣たち数人がある妓楼に登楼し、藩の内紛について喋り合っていたことを、そして、その中のひとりが周五郎の実兄の裕太郎であったことを聞かされた。四郎兵衛は、

「妓楼での話などだれであれ告げてはならぬことです。ですが、八頭司様のお兄様が関わっておられることを黙って見過ごすのもどうかと思い、佳乃さん、あなたに話します。八頭司様に伝える伝えないは、あなたの判断に任せましょう」

と言ったのだ。また、

「小倉藩の内紛は私どもにとってもひと騒ぎございます」

とも言い添えた。

そんなことを思い出しているうちに佳乃は眠りに落ちた。

二

数日後、深川黒江町の因速寺の仮宅に伊佐次が姿を見せた。

そのとき、佳乃は鼻緒を挿げていた。

「どうですね、梅花花魁はどう申されましたえ」

伊佐次の問いに佳乃は仕事場の隅においてあった三枚歯下駄を持ってきて、下駄を包んでいた白地の布を剥いだ。

一瞬見た伊佐次が、

「おおっ」

と驚きの声を漏らした。

「三枚歯に絵を描きましたかえ。まさか花魁の源氏名にちなんで梅の花散らしに、太い幹に一輪咲いた紅梅とはね。いや、こりゃ、紅梅じゃねえな。ひょっとして大火事の炎を映した白梅一輪か」

「さすがは伊佐次さんね、こちらの企てをあっさりと見抜いてしまったわ」

「なんとね、足元が梅模様とは。花魁はどういわれましたえ」

「気に入って頂きました。梅花さんは七月の玉菊燈籠を吊るして光あふれる仲之町で花魁道中をする折にこの三枚歯を履くと申されました」

佳乃は頷くとふたりで交わした問答を伝えた。

「玉菊燈籠の灯りに花魁の三枚歯の御神木の梅が浮かび上がりますかえ、なんともいいね。吉原じゅうが仰天しますぜ」

と言い切った。

「伊佐次さん、最後の三枚歯を拵えてくださいな」

「むろんのことだ、花魁から何か注文はあったかえ」

「なんの注文もなかったわ」

「だろうな、この三枚歯を見せられたら、梅模様に花魁の眼差しはいくわな」

と伊佐次が言った。

「伊佐次さん、わたしも仮緒を挿げて幾たびも履いてみたわ。梅花花魁から借りてきた黒漆の三枚歯より履き心地がいいもの、出来がいいから注文がつかなかったのよ」

「お互い注文がつかないとなると、本番をよほどしっかりと造らないといけねえな。職人魂がさ、試されているぜ」

と伊佐次がいうと考え込み、顔を上げて佳乃を見た。

「この三枚歯、借りていっていいかね」

「そういうと思っていたわ。どうぞお持ちなさいな」

佳乃は白布に片方ずつくるみ、さらに風呂敷に包んだ。

「なんだか、えれえ難題を授けられたようだ。下駄職人になって初めての経験だぜ」

「わたしもそうよ。梅花花魁も考えこんでいたわ」

「花魁はなにを考えておられたんで」

「三枚歯に絵を描くのは、これまでの習わしを破ることよね。幾枚もの打掛に前帯、髪にしても簪《かんざし》、笄《こうがい》、櫛《くし》と華やかよね、そこで足元が黒塗りだから引き締まるのよ。ところがここには梅の絵がある。花魁も衣装との関わりをどうすればよいか迷われていたんだと思うの」

「そうか、そうだよな。よし、三人して知恵比べだ」

と言った伊佐次は大事そうに試しの三枚歯を抱えて仮の仕事場から出ていった。

その夕方、周五郎が珍しく因速寺の仮家に姿を見せた。

「師匠は忙しそうだな。このところ照降町が寂しいぞ」

「誘いにきたの」

「まあ、そんなところだが、船商いの話の他にもう一つ知らせたいことがあって、こちらに参った」

周五郎の声が聞こえたか八重が仕事場に姿を見せて、

「八頭司さんさ、夕餉を食べて泊まっていくだろう」

「夕餉は馳走になりますが夜はあちらに戻ります。それがしのただ今の務めは照降町の警護ですでな、普請中の宮田屋さんの建物が火付けに遭ってもいけませぬゆえ」

と八重に言った。

八重が驚いた。

「えっ、火付けがあるのかい」

「玄冶店の準造親分の話ではな、新築中の家に火付けをする輩がおるそうな、直ぐに新築の普請に取り掛かれるうちは少なかろう。となると妬みに思うて火付けに走る者も出てくる。おお、そうじゃ、師匠の鼻緒屋の家も二階が出来てな、すでに屋根も葺かれたぞ」

「えっ、瓦も葺かれたの」

「瓦はまだじゃ、でも、新しい鼻緒屋の店と住まいが察せられる骨組みはできた。あと一月もせずに出来上がるそうじゃ。見にこられぬか」

「ならば明後日がわたしの船商いね、その日に照降町に行くわ。楽しみになった」

「私も見たくなったよ」

と八重がいい、

「おっ母さんも明後日照降町に戻る」

その佳乃の誘いに、

「そうするかね」

と言い残して奥に入っていった。

「師匠、梅花花魁の注文は順調かな」

と周五郎が気にして尋ねた。

「下駄職人の伊佐次さんが今日訪ねてきて、試しの三枚歯を持ってかえったわ」

「花魁は、師匠の思案した三枚歯を受け入れたということかな」

佳乃がどんな三枚歯を拵えたか周五郎は知らなかった。

「伊佐次さんも気合いが入っているわ。むろんわたしも」

「ふたりの職人が組んでの大仕事だ。仕上がりが楽しみであるな」

と周五郎が笑みの顔で言った。

「周五郎さん、あなたのほうに変わりはない」

佳乃は話柄を変えた。

「それがしのほうにか、なにかあったかのう」

と考える風の周五郎に対して佳乃は間を置き、

「吉原を訪ねた折、雁木楼の帰りに吉原会所に立ち寄ってくれと四郎兵衛様に命じられたの。そこで小倉藩小笠原家の家来衆がある楼に上がり集いをなしたと頭取が教えてくれました。そのご家来衆のなかに周五郎さんの兄上様がおられたとか、四郎兵衛様は小倉藩の内紛が世間に知れることを気にかけておられたわ」

と四郎兵衛から教えられた話を手短に告げた。

「なんとのう」

と周五郎は険しい顔で応じた。

吉原に登楼できるのは当然重臣派の面々だろう。そのひとりとして兄がいたことをどう考えればよいのか。

父は書状で兄の裕太郎が重臣派の一員として改革派と対立していることを案じていた。また過日、直用人鎮目勘兵衛も裕太郎が重臣派のひとりとして積極的に活動していることを気にかけていた。そしてここにきて四郎兵衛が小倉藩江戸藩邸内でひと騒ぎありそうだと危惧していた。

「吉原会所が知るほどに重臣派は登楼して酒を飲み、遊女を侍らせる場で藩の内紛を話し合っておるか。あまりにも愚かな所業といえぬか。四郎兵衛どのが案じられるのは至極もっともなことだ」

「廓内を仕切られる会所の頭取四郎兵衛様はきっと細かい話も承知でしょう。でも、わたしには八頭司なる珍しい姓と周五郎さんの姓を重ね合わせて、兄弟だと推測されたと言われました。周五郎さんにこの話を告げるか告げないかは、わたしの判断に任せるとも言い添えられたの」

周五郎は四郎兵衛が佳乃に伝えたことの他に「談合」の詳しい内容を承知だと確信した。

（吉原会所にまで知られることがどのような事態を招くか、兄上は分っておらぬのか。呆れ果てた）

と周五郎は愕然とした。そして、父の立場を思った。

「四郎兵衛様は周五郎さんに好意を抱いておられるのよ。だから案じられてわたしに知らせたの。悪く思わないで」

「師匠、吉原会所の務めを超えてのご厚意と分っておる。四郎兵衛どのに感謝こそすれ悪く思うなどありえぬ。とはいえ、この話を聞かされても、ただ今のそれがしにはどう対応してよいか思い浮かばぬ」

「もはや藩とは関わりがないというのね」

「佳乃どのは未だ信じておられぬか」

しばし迷った佳乃はこくりと小さく頷いた。すると周五郎が少し間をおいて話し出した。それまでと口調が変わっていた。

「わが父は八頭司家の入り婿でな、家付きの母は、嫡男の裕太郎兄を溺愛しておった、いや、今も変わるまい。またそれがしが中老の家に婿入りするのを決めたのも母の一存であったそうな。父に前もって相談もなしにな」

佳乃は驚いた。

まさか周五郎がこれまで触れなかった八頭司家の内情をこの場で話そうなどとは考えなかったからだ。

佳乃は止めようかと思ったが言葉が出てこなかった。

一方瞑目した周五郎は、

「それがし、いったんは母の意志に従った」

と微妙な言い方をした。

佳乃は黙って次の言葉を待った。

「父はそれがしが上役の中老家に婿入りするのに胸の内では反対であったと思うておる。婿に入った悲哀を十分承知ゆえな」

「なぜお父上の考えをそうとるの」

「父の同輩の者のなかには、それがしが八頭司家を継ぐことが藩のため、また八頭司家のためになることと忠言する者もおる。

兄者は、忌憚なく申せば凡庸な嫡男なのだ。譜代大名小倉藩が安定し、それなりに貯えもあった折ならば、兄が跡継ぎとなることはなんの差し障りもあるまい。されど何百人もの家臣が脱藩して隣国の福岡藩に逃げ込む為体《ていたらく》の藩を立て直すには、次男のそれがしのほうが御家のためになると申される方々がおられるというわけだ。それがしはその話を聞かされたとき、愚かにも中老家に婿入りしよう、わが屋敷を出ようと安直に考えたのだ。母上は嫡子の兄が当然のごとく八頭司家を継ぐと考えておられたからな。師匠、それがしが申すわが一家のことをお分り頂けようか」

「なんとなく察することができるわ」

と言った佳乃は、

「だけど、わたし、周五郎さんの考えを容易く受け入れることができないわ、だってお相手がおられるのよ」

「それがしの婿入りの相手のお方のことを申されるか」

佳乃は周五郎の反問に頷いた。

「八頭司家の都合で婿に来られる周五郎さんを中老の娘御は、どう受け止められたの」

「いかにもそのことだ。それがしとそのお方が会ったのはわずか二度、短い時であったし、どなたかが常に同席されておった。二度目の折、舅となる中老より重臣派に与するように強いられた。そのとき、ようやく自分の立場に気付いた、それがしは重臣派の警護方、平たくいえば用心棒だとな」

「用心棒だなんて武家方でおかしくない」

「いかにも言い方はおかしかろう。だが、事実はそうだ。それに」

と言った周五郎が話を止めた。

「相手の方のことを考えたのね」

「そういうことだ。そのお方にはそれがしよりもっとよきお人がおられるはずだとな、中老の娘御に喜んで婿入りされるお人がおられるはずだと考えた」

「そのことを相手のお方に話したの」

「武家方でさような話ができるわけもないのだ。ましてやそれがしを重臣派の警護方にと先方が考えての婿入りだぞ。相手のお方と挨拶の言葉以外交した覚えはない。ならばこの際、婿入りの話をお断りし、屋敷を出ようと思ったのだ」

「相手のお方も可哀そう」

周五郎はなにかを言いかけたが止めた。

佳乃がこれまで聞かされていた以上の複雑微妙な話を周五郎は告げたのだ。

「兄がな、重臣派に与して上気しておる気持ちは分らんでもない。重臣派に与しておれば、八頭司家に加増でもあると考えておられるのではないか、あるいは己が出世の機会に与れるのではと思うておられるのか。四郎兵衛どのがそれがしに伝えることを前提に佳乃どのに告げられた真意は、その辺りにあるのであろう」

しばし佳乃は周五郎を見た。いつもの周五郎の心遣いに満ちた穏やかな様子と違う気がした。頑な言動だと思った。

「どうしてそこまで兄上様を貶《おとし》めるような言葉を吐かれるの、いつもの周五郎さんらしくないわ」

「それがしの考えに気分を害したのならば詫びよう」

周五郎は上がり框から腰を上げた。

「やめてそんな真似。わたし、周五郎さんの考えが分らなくなった」

「そうであろうな、それがしも迷うておる」

と言った周五郎はそのまま立ち去りかけたが翻意したか、

「わが想いを最後まで聞いてくれぬか」

と願った。

佳乃は長いこと沈黙していたが小さく頷いた。

周五郎は立ったまま再び話し始めた。

「屋敷の外に出てみると武家方の得手勝手な考えがよう見える、むろん町人にもかような考えを持つ者もおられよう。されど武家方と町人はやはり違う。

佳乃どの、父は兄者の上気ぶりを案じておられる。過日兄が届けてくれた父の文に縷々そのことが認めてあった。

吉原会所の四郎兵衛どのが佳乃どのに話されなかった内容がもっとあれこれとあったのではないか。過日そなたの供で大門を潜り、吉原会所に一刻半ほど逗留して分ったことがござる。吉原会所の探索網は武家方よりもしっかりと働いておる。一夜に千両の稼ぎと称される官許の遊里を仕切られる頭取どのは小倉藩の内紛、八頭司裕太郎の人物を一目で察したうえで、佳乃どの、そなたに忠言なされたのだ。そなたの口を通じて四郎兵衛どのの本心はそれがしに伝わった」

佳乃は唇を嚙み締めて、周五郎の言葉を必死で吟味しようとして無言を通した。

(やはり周五郎さんは照降町よりもお屋敷がなにより大事なのだ)

いつかはこの町を出ていくのだと確信した。

「今宵はこれにて失礼いたす。ひと晩考えてそれがしの言葉が言いすぎであったり、言い足りなかったりしたところは後日いまいちど説明いたそう」

そう言い添えた周五郎は因速寺の納屋から出ていった。

佳乃は沈黙したまま座していた。

「佳乃、夕餉の仕度が出来たよ、こっちに周五郎さんを呼びなよ」

「おっ母さん、周五郎さんはもう照降町に帰ったわよ」

「えっ、どうしたよ。腹を空かせて暗い川の流れを渡ることもあるまいにさ」

という八重の言葉に佳乃はなにも答えることができなかった。

佳乃は自分の苛立ちを悔いていた。

武家方の考えも習わしも知らずに勝手放題を周五郎に言ってしまったことをだ。周五郎が佳乃のそばからいなくなることをなにより恐れていながら、あのような心ない言葉を吐いた自分の愚かさが情けなかった。


佳乃は、深川黒江町の檀那寺に籠りきりで仕事を続け、大川を渡り照降町の船商いにも顔を出さない日々が続いた。周五郎との間に思わぬことでわだかまりができたことに拘りを感じて、しばらく冷却の日々を置こうと思ったのだ。

そんな一日、絵師狩野一悠に教えられた麴町三丁目の京屋岩絵乃具を訪ね、三枚歯の下駄に白梅を描きたいので絵の具がほしいと願った。

「下駄に絵を描かはる。そなたは絵師ではおまへんな」

　番頭と思しき人物が佳乃を訝《いぶか》し気に見た。

「番頭さん、いかにもさようです。わたしは照降町の鼻緒職人にございます」

「どなたはんから口利きがおましたんやろか」

「絵師の狩野一悠様から紹介されました」

「ほう、一悠先生が珍しいことや」

　と言った番頭が不意に気付いたように、

「あんたはん、もしかして照降町の火事の折、御神木の梅を守りはった女衆やな」

　はい、と頷いた佳乃は、

「下絵を携えておりますが見て頂けますか」

「拝見しましょう」

　と応じた番頭に一悠絵師から頂戴した絵の具で描いた二葉の絵を見せた。

「ほう」

「素人の絵でございます。その点はご勘弁ください」

「一悠先生はなんと申されました」

「この絵はあなたが描くべきだ、そのほうがお客様は喜ばれようと申されました」

「絵師の描いた絵とは違いますな。大胆で柔軟な想いつきや、一悠先生はあんたはんの才を認めたんどす」

と言った番頭が、

「白色は絵師でも難しゅうおす。梅尽くしのほうに白とはちょっと色合いが違った梅を加えると白梅が映えますやろな」

と言いながらあれこれと絵の具を見せて、混ぜ合わせる技法を佳乃に懇切丁寧に教えてくれた。

その翌日から鼻緒挿げの合間を縫って佳乃は絵の具の調合を試みて何枚も何枚も絵を描いた。

何日もそんな暮らしを続けた。


久しぶりに宮田屋の大番頭松蔵が顔出ししたが、

「大番頭さん、申し訳ございませんが、しばらくこちらで仕事をさせてくださいませんか」

と願った。

「そうですか、佳乃さんになにか考えがあってのことだろうが、照降町の客もみんなも寂しがっていますよ」

と若いが名人気質《かたぎ》の女職人のわがままを黙認した。そんな日々がさらに数日続くともはや松蔵はなにも言わなくなった。

佳乃はもしかして周五郎が佳乃との諍いの事情を松蔵に話し、その経緯を知ったのではないか、となればひょっとしたら八頭司周五郎は、すでに照降町からいなくなったのではないかと思った。

だが、深川の仮家から動こうとはせず、ただひたすら鼻緒挿げと梅の絵を描くことを繰り返した。

どれほど因速寺の納屋であった仮家に籠っていたか、下駄職人の伊佐次が新しい三枚歯下駄を携えてきた。

「佳乃さん、おめえさんに無断でな、吉原に行き、雁木楼に梅花花魁を訪ねて御足を見せて頂き、拵えている下駄の調整をしたぜ」

と言った。

「ご免なさい。伊佐次さんにまで気を遣わせたわね。梅花花魁、お元気だった」

「ああ、おまえさんに会えないのが寂しいと言ってなさった」

と言った伊佐次が、

「三枚歯下駄を仕上げたときにはなにがなんでも花魁に持参して履いてもらいなせえ。花魁もその日を楽しみにしているからよ」

と言い添えた。

「そうするわ」

と佳乃が応じると、

「まずはおれの仕上げた三枚歯を見てくんな。手直しはいくらでもするからよ」

と伊佐次が試しの三枚歯と真新しい桐材の三枚歯を佳乃の前に置いた。

二つの三枚歯が並んでみると、新しい三枚歯を伊佐次が細心の気遣いと技で仕上げたことがひと目で分った。畳表が張られた三枚歯を手にした佳乃は眼をつぶり、掌で感触を確かめていった。

長い時が流れ、佳乃の手の動きが止まった。

「どうだい」

「梅花花魁の御足にすいつくようにぴったりした出来の三枚歯よ。ありがとう、伊佐次さん」

その言葉を聞いた伊佐次がうんうんと頷き、

「ほっとしたぜ。最後の仕上げは佳乃さん、おめえさんにかかっているぜ」

と言い残して姿を消した。

その後、因速寺の家に松蔵も他の番頭手代も姿を見せなかった。

どれほどの日にちが過ぎたか。もはや佳乃には日にちの感覚が失せていた。

不意に幸次郎が姿を見せて、

「よしっぺよ、根を詰めて仕事をすると心身を病むぜ。おりゃ、弥兵衛さんの弔いで十分だ。若いおめえがお父つぁんのあとを追うことはあるめえ」

と忠言した。

「照降町でなにかあったの」

「なにもねえよ。おめえが照降町に長いこと姿を見せないと聞いたもんでよ、様子を見にきたのよ」

「ありがとう。ならばわたしを送っていって」

「照降町に姿を見せる気になったか。驚くぜ、新しい鼻緒屋が出来上がっているぜ」

「えっ、そんなに長い間わたしったら、こっちで仕事をしていたの」

と問い返した佳乃は急いで着替えて、因速寺の船着場に舫われた猪牙舟に乗った。

手には梅花花魁からの注文の三枚歯下駄を抱えていた。

幸次郎が猪牙舟を堀伝いに大川に出すと、

「幸ちゃん、照降町に行く前に吉原に寄って。花魁に注文の品を届けるだけだから、そう長くはかからないと思うわ」

「あいよ。そのあと、照降町だな」

と幸次郎が念押しした。

見返り柳近くの山谷堀まで猪牙舟を入れた幸次郎を舟で待たせて雁木楼を訪れた。

仲之町では七月一日より晦日まで引手茶屋、妓楼が軒に燈籠を吊るして名妓玉菊を追悼した。そんな仕度がすでに出来上がっていた。ということは、佳乃は気付かなかったが夏から秋へと季節は確実に移ろっていた。

幸次郎は猪牙舟で一刻近く佳乃の帰りを待つことになった。


「よしっぺの長くはねえってのは一刻のことか」

と幸次郎が佳乃に苦情を言った。

「ご免、幸ちゃん」

と詫びた佳乃は、

「女ふたりが注文の品を前にあれこれとお喋りするのよ、遣手の女衆に『道中の仕度の刻限です、花魁』と注意されなければいつまでも話していたわね」

「なんぞ梅花花魁にあったか」

「この晦日で梅花花魁は、大門を出なさるわ」

佳乃がいきなり幸次郎に告げた。

「なに、大門を出るって身請けか」

「そう、ある大店の主に後添いにと願われていたんですって。迷っていたけど決心したそうよ」

「後添いってのは、客の女房が身罷ったということだな。ということは身請けの主は年寄りか」

「いいえ、詳しいことは聞かなかったわ」

「そうか、梅花花魁、幸せになるといいな」

「なるわ、きっとなる」

と佳乃が言い切った。

「今宵からわたしが仕上げた三枚歯を履いて花魁道中をしてくれるそうよ」

「なんと、よしっぺへの梅花花魁の注文は三枚歯だったか。おりゃ、見てみたいぜ、よしっぺの造った三枚歯下駄での花魁最後の道中をよ」

「晦日までだいぶ日にちがあるわ。見物できるわよ」

「楽しみがひとつ増えたな」

「まだなにか楽しみがあるの」

「照降町の鼻緒屋はいつ開店するよ。宮田屋の大番頭さんは住人の親子がいなきゃあ、開店もできないってぼやいていなさるぜ」

「そうか、そんなにわたしは無理を押し通していたのね」

「ああ、そういうことだ。梅花花魁の身請けが先か、鼻緒屋の開店が先か、祝いが重なるな」

と幸次郎が言った。

三

佳乃は照降町の鼻緒屋の前に立って言葉を失った。柱組みを見たときは、昔の鼻緒屋を再現するのだと思っていた。左右が空地のせいか、新しい鼻緒屋は堂々とした表構えだった。店の二階の庇《ひさし》に、

「三代目鼻緒屋」

の看板がかかって、木の香りが漂っていた。店の中から物音がして人の気配がした。土間に入ると、

「いらっしゃい」

と周五郎の声が迎えた。

「周五郎さん」

と名を呼び返すのが佳乃にはようやくのことだった。

もはや周五郎は照降町にいまいと佳乃は気持ちのどこかで思っていた。その責めは自分にあるとも考えていた。なぜ周五郎がこれまで明かさなかった己の内心を吐露してくれたのに自分はあ

のように苛立ったか。周五郎が照降町からいなくなることを惜しむ心の裏返しの愚かな言葉だったのか。周五郎が照降町から、鼻緒屋からいなくなっていて当然と考えていた。

「仕事をしていたの」

「土蔵の仕事場から今朝がたこちらに仕事の道具を移したのだ。そこで、この見習職人の席に腰を下ろしてみたら、なんとなく下駄に紙緒を挿げたくなった。じゃが、これは新しい鼻緒屋の仕事はじめではないぞ。主のそなたがトオシを手に鼻緒を挿げたときが三代目鼻緒屋の店開きだ」

「周五郎さん、そんなこと気にしないで」

と言った佳乃は土間の真ん中で、座した周五郎に正対すると、

「この間はご免なさい、せっかく周五郎さんが自分の気持ちを正直に話してくれたのに、わたしったら、きちんと話を聞こうともせずに失礼なことを言って周五郎さんを怒らせてしまったわ。もう、照降町に周五郎さんはいないんじゃないかと案じていたの」

「それがしが照降町を出ていくときは女主の佳乃さんに了解を得る心算じゃ。なによりそれがしにとって照降町の復興がただ今優先されるべき仕事でな。こうして最初のひとつ、鼻緒屋の再開のめどはたったのだ。あとは宮田屋さんと若狭屋さん二軒の大店の店開きだな、あちらは晩秋から初冬かのう。それまでに一軒でも二軒でもこの照降町に店が戻ってくるとよいな」

と周五郎が因速寺でのことなどなかったかのように応じた。

「佳乃さん」

宮田屋の大番頭の松蔵が飛んできた。

「大番頭さん、我がままな仕事を続けたことをお許しください」

と佳乃はまず詫び、

「いや、あなたは店商いに出なかっただけで、梅花花魁の注文をこなしていたのです。それもうちの仕事のひとつですぞ。梅花花魁は喜ばれたようですな」

と松蔵が応じた。

（ああ、そうか。幸ちゃんが因速寺に顔出ししたのは大番頭さんの命でのことか）

と思った。

荒布橋に佳乃を送り届けた幸次郎は、松蔵に佳乃が梅花花魁に会ったことを報告したのだろう。

「今宵の花魁道中をわたしと伊佐次さんが拵えた三枚歯でなさるそうです」

「ほう、ただ今は玉菊燈籠が光の仲之町に変えておりましょう。そこをあなたが拵えた三枚歯で花魁道中、この話江戸じゅうに広がり大騒ぎになりますぞ」

「それもこれも梅花花魁次第です」

と佳乃は答えた。

「どういうことですかな」

「花魁の衣装にございます。衣装次第で足元の三枚歯下駄は生きもし、死にもします」

「ふうん、私には今ひとつ景色が浮かびませんな」

「大番頭さん、楽しみになされませ」

「いやな、うちと若狭屋の旦那が雁木楼の楼主と吉原会所の頭取に会いました。けど廓のなかのことは廓の人間に任せなされと言われてな、例の一件は一顧だにされなかったそうでしてな」

そうか、自分が梅花花魁の三枚歯下駄に集中しているとき、そんな話が進んでいたのか、と佳乃は思った。

「大番頭さん、今宵の花魁道中にすべてがかかっております」

「なんぞいい話が吉原から伝わってきましょうかな」

という松蔵に頷いた佳乃が、

「大番頭さん、本家の宮田屋より鼻緒屋の家を先に建てて頂き、感謝の言葉もございません。わたしども親子もこちらに引越してきて宜しいのでしょうか」

「明日にも引越ししてきなされ」

と松蔵が応じて、それまで黙ってふたりの問答を聞いていた周五郎を見た。

「幸次郎どのは荷船一艘あれば引越しができるというておられる」

「それは大変だわ、まずこの新居を見せてくださいまし」

と願うと周五郎が、

「それがしの頭の上が中二階でな、格子窓から朝の光が入り込んでくるようになっておる。佳乃どの、まずは母御の働き場所の台所や部屋を見てきなされ」

と言った。

佳乃は物心ついた折から暗い感じのしていた台所や畳部屋の板壁や塗壁が明るく輝いていることに感動した。さらに二階に上がる階段は母親と娘の部屋を分かつように設えられていた。もとは三畳だった佳乃の部屋は四畳半と広がり、さらに納戸部屋が設けられていた。

「どうですな」

階下から松蔵の声がして階段を上がってくる気配がし、佳乃が応じた。

「わたしどもには贅沢極まりない住まいにございます」

佳乃の表情を窺いながら大番頭も改めて鼻緒屋の二階を見回し、

「古い夜具などはお寺さんにおいてきなされ、あの界隈の裏長屋の住人が使いましょう。八重さんとおまえさん、それに仕事の道具があれば引越しは十分です、こちらにきて新しいものを少しずつ揃えていきなされ」

と言った。

佳乃は松蔵に即答が出来なかった。

高価な絵の具に手持ちの金子を費消したので、さほどなかった。新しい家具、台所の道具類、夜具を買い整えるにはいくらかかるかと案じた。すると佳乃の気持ちを察したように、

「梅花花魁から二、三日前に私のところに届けものがありましてな」

と懐から包金《つつみきん》ふたつを出した。

三枚歯下駄を拵える費えについては話し合ったことはなかった。にもかかわらず梅花は五十両もの大金を届けてくれたという。それも最後の三枚歯下駄も見ずして前払いだ。

「大番頭さん、吉原の仕事はすべて宮田屋さん通しです。その金子も宮田屋さんがお納めください」

「この一件は花魁が佳乃さん、あなたに頼んだと言われるのです。三枚歯下駄には宮田屋は関わってない、あなたの仕事と申されます」

「困りました。いえ、伊佐次さんの下駄造りの費えさえお支払いいただければ、うちは最後でようございましょう」

それにしても五十両とは法外ではないか、と佳乃は訝った。

「佳乃さんも職人ですな、金子をあれこれというのは野暮ですか。ですが、これはお客の梅花花魁の命です。佳乃さん、この包金二つをあなたがいったん受け取ってくだされ」

差し出された包金二つ五十両を佳乃が受け取ると、

「ひとつ、うちに返して下され」

と松蔵が言った。

包金がひとつ宮田屋の大番頭松蔵に戻された。

「佳乃さんの手元に残った金子が佳乃さんの分です」

「え、かような大金を頂戴してよいのでしょうか」

「伊佐次は佳乃さんにうちが紹介した下駄職人です、うちから支払います。いいですか、その梅花花魁の厚意をな、素直に受け取りなされ」

と言った松蔵が、

「私も長いこと下り物の履物の商いに関わってきました。いくら吉原の人気花魁の注文の三枚歯とはいえ五十両もの値は初めて聞きました。よほど佳乃さんが拵える三枚歯に期待していたのでしょうな。見るのが楽しみになりました」

と言った。

佳乃は、

「大番頭さん、玉菊燈籠の晦日の花魁道中が梅花花魁の最後の艶姿になります」

と前置きして梅花が身請けを決めた話を告げた。

「おお、そんな話がございましたか。ただ今の梅花花魁ならば身請け金千両でしょう。その梅花花魁が履く三枚歯に五十両もの支払いをしてくれたのは、そのせいでございましょうな。花魁としては最後の玉菊追悼に華を添えとうございましょう」

「わたしどもはその余禄に与ったのでしょうか」

「いえ、佳乃さん、あなたが造った三枚歯に五十両もの値がついたのです」

と最前述べた言葉をまた繰り返した。

「いささか残念なことは照降町で梅花花魁が道中をなしてくれぬことですな」

しばし迷った佳乃が、

「いえ、大番頭さん、盆の十五日、大火事で身罷られた大勢の人々の供養に梅花花魁はこの照降町で道中をしてくれます、そうわたしに約束してくれました」

「なんと身請けが決まった花魁がさようなことを佳乃さんに約定しましたか」

「大番頭さん、この件は吉原から披露があるまで大番頭さんの胸に仕舞っておいてくれませんか」

佳乃の言葉に頷いた松蔵が、

「そうか、その心づもりがあるゆえ、うちと若狭屋の旦那の申し出を吉原は断りましたか。佳乃さん、ふたりの旦那にはこの一件内々と断ってお知らせしてはいけませんかな」

「その判断は大番頭さんにお任せ致します」

佳乃の返事に頷いた松蔵が、

「梅花花魁を身請けする分限者はどなたでしょうな」

「さあ、どなたでございましょう」

と佳乃は応じただけだった。


この日、幸次郎の漕ぐ猪牙で深川黒江町の因速寺の納屋に戻った佳乃は八重に、

「おっ母さん、照降町の家が立派にできたのよ。宮田屋の大番頭さんは明日にも引越してきなされと申されたわ」

「えっ、そんなに急な話になったのかい。といってもこの仮住まい、あるのは夜具とわずかな衣類くらいだからできないことはないけどね」

「大番頭さんは仕事道具だけを持ってくればいいというのよ」

と松蔵のした話を告げた。

「新しい家に新しい夜具だって。死んだお父つぁんに引越しを見せたかったね」

「おっ母さん、致し方ないわ。わたし、お寺の和尚さんに明日の引越しを伝えてくる」

「佳乃、なにがしか礼金を払えるといいがね」

「案じないで。五両用意したから」

佳乃は因速寺の納屋を借りられたお陰で三枚歯造りも他の鼻緒挿げもできたのだとこの納屋に仮住まいできたことに感謝し、五両を包んだ。

錦然和尚と会ったあと、佳乃と幸次郎は永代寺と富岡八幡宮の門前にある布団屋に向かった。因速寺の和尚が、

「大火事で江戸の中心が燃えたあちらでな、布団を探すのは大変じゃろう。愚僧の知り合いが永代寺門前町で代々布団屋を営んでおる。わしからといえば阿漕《あこぎ》な値はいうまい」

と紹介してくれたのだ。

三組の夏布団を買った。冬のかけ布団は時節がきた折にあちらで探すことにして、女物と男物の浴衣も二枚ずつ購った。

荷は待っていた幸次郎の船まで布団屋の手代が運んでくれた。

佳乃が、

「幸ちゃんに浴衣を一枚買ったわ。どうぞ」

と差し出した。

「なに、おれに贈り物か。浴衣な、今年は花火もなし、真新しい浴衣を着る機会もなかったな」

「心配しないで、その浴衣を着る機会を作ってあげる」

「まさか、よしっぺが花火を上げようという話じゃねえよな」

「それは内緒、周五郎さんの浴衣も買ったわ」

「ならば内緒の催しの折に着せてもらおうか」

と幸次郎が嬉し気に浴衣をもらった。


翌日のことだ。

幸次郎が引越しの手伝いに再び来て、船を因速寺の船着場に着けて布団を運んだ。

佳乃と八重はわずかばかりの荷と、飼い猫のうめとヨシを籠に入れて船に乗せ、弥兵衛が身罷った寺をあとにした。

照降町に船がついたとき、シマ界隈がざわめいていた。

「なにがあったのかしら」

と佳乃がいい、八重が、

「うちの引越しの手伝いじゃないよね」

といささか的外れなことを言った。

「佳乃さん、大変ですよ」

宮田屋の手代の四之助が興奮した声で引越し船を迎えた。その手には読売があった。

「昨日の宵見世で、梅花花魁が佳乃さんの造った三枚歯下駄を履いて道中したんですよ」

と叫ぶ声に荒布橋を渡ろうとした地引河岸の兄さんが、

「四之助よ、よしっぺは鼻緒屋だぞ。花魁の三枚歯の鼻緒を挿げた、の間違いじゃねえか」

「それがさ、地引河岸の兄さん、違うんだよ。花魁が佳乃さんに願って高さ六寸の三枚歯を拵えたんだと読売に書いてあるよ」

「だからよ、下駄職人が造った三枚歯に鼻緒を挿げたんだよ。なあ、よしっぺ」

と兄さんが質した。

「はい、いかにも兄さんの申されるとおり下駄職人の伊佐次さんが台は造られました」

「ほれ、見ねえ。よしっぺは鼻緒を挿げたんじゃねえか」

「それが三枚歯の片方の台にこの照降町の御神木の梅の花が散らされて、もう一方の台にはそのごつごつとした幹に一輪の白梅があの大火事の炎に染まる絵が描かれているんだそうです。それが夕べの花魁道中で大きな評判を呼んでいるそうですよ、地引河岸の兄さん」

「なんだと」

と腕組みした兄さんが荷を積んだ船の佳乃を睨んだ。

「よしっぺ、おめえ、黒漆畳の三枚歯にまことに絵を描いたのか」

「は、はい」

「は、はい、じゃねえぞ。ようも全盛の梅花花魁がそんなことを許したな」

「わたしもそう思います。絵を描くについて狩野派の絵師に相談しました。ですが、三枚歯下駄の台に絵を描いたことはないと断られまして、致し方なく」

と佳乃はいささか経緯を曲げて告げた。

「なに、ほんものの絵師が断ったから素人のよしっぺが描いたってか」

「兄さん、それが大評判なんだそうです。今日の夜見世は大変な客が押し掛けますよ」

四之助が佳乃に代わって読売の話を伝えた。

「手代の四之助よ、馴染みのおれに断りもなく新しい三枚歯で花魁道中だと、そんでもって台に照降町の梅な、梅花花魁も冷てえじゃないか」

「えっ、兄さん、梅花花魁の馴染みですか」

「ならいいなって話よ」

橋の上でふたりの与太話が繰り返されている間に、佳乃と八重が細々したものを抱えて鼻緒屋に向かい、幸次郎が夜具を肩に担いで、

「おい、四之助さんよ、読売はいいからよ、引越しを手伝いねえ」

と言った。

八重は新しい鼻緒屋の表構えに驚いて言葉を失った。

「どう、おっ母さん」

「どうもこうもないよ。この家がうちかい。まるでよそ様のお店のようだよ」

「ささ、中に入ってよ、昔より広いから」

と言い合うところに幸次郎と四之助が夜具の包みを担いできて、あっさりと引越しは終わった。

うめとヨシも落ち着かない様子で新築の家をうろうろと歩き回っていた。だが、なんとなく照降町の家に戻ってきたことは理解したようで、仕事場の片隅に居場所を見つけて丸まった。

「佳乃、鍋、釜、器がないよ。どうしたもんかね」

「台所を見てご覧なさいよ」

と佳乃が八重に言った。

「ああ、鍋もお釜もそろってさ、薪や小割まであるよ。新しい家で煮炊きが出来るなんて夢みたいだよ。ああ、角樽《つのだる》もある」

と八重が台所に入り、あれこれと触って歩いた。

角樽も引越し祝いに宮田屋がくれたものだった。

「その鍋、釜とか器も、差し当たっての米、味噌などあれこれ食べ物も宮田屋の別邸にあったものを大番頭さんの命で手代さんが運んでくれたの。宮田屋の皆さんにあとでお礼を言ってね」

「そうするよ」

仕事場には、永代寺の門前町の布団屋で購った布団三組が転がっていた。幸次郎と四之助の姿はなかった。佳乃が布団の包みを開いていると周五郎が、

「お帰りなされ」

と言いながら幸次郎といっしょに飛び込んできた。

「ひと組は周五郎さんの夜具よ、上に上げて」

「なに、それがしの夜具まで買われたか。土蔵で使っておる夜具を運んでこようと思うておったのだがな」

と言いながらも嬉しそうに梯子段を器用に上がって布団一組を上げた。そして、直ぐに仕事場に下りてきた周五郎が、

「こちらは二階じゃな」

「よしきた、包みを解かずに上げるぜ」

と幸次郎が佳乃にいい、手早く片付けた。

佳乃は最後に道具を仕事場に広げて、いつでも仕事ができるようにした。そこへ、

「照降町復帰のいの一番は鼻緒屋でしたな、引越しおめでとうございます」

と松蔵が入ってきた。

「大番頭さん、あれこれとお心遣い有り難うございます。これでようやく落ち着いて仕事ができます。どうか船商いの品をこちらにお持ちになってください。女衆のお客様はひとりひとり御足に合うように鼻緒を挿げて参ります」

と佳乃が答えると、

「佳乃さんや、読売を見ましたかな」

「いいえ、四之助さんから話に聞いただけです。真にわたしの名が載っておるのでございましょうか」

「梅花花魁の話として佳乃さんの女職人ぶりが書かれています。昼下がりからは女衆が照降町に詰め掛けますぞ」

と言った松蔵が、

「うちと若狭屋の旦那衆は十五日の催しに大喜びしておりましてな、一気に照降町を盛り返すと張り切っておりますぞ」

とふたりだけに分る内容を告げた。

その言葉どおりに新築なった鼻緒屋に昼から女衆の客が詰めかけて、佳乃は客が選んだ履物に鼻緒を挿げたり、その下駄ならばこちらのほうが粋にございますと助言したり、と以前よりも多忙な仕事の時が一気に戻ってきた。

そんな忙しい刻限が終わろうとしたとき、武家屋敷の中間《ちゅうげん》風の老人が鼻緒屋の店先に立ち、

「周五郎様」

と名を呼んだ。

四

周五郎は中間風の老人としばらく話をしていたが、佳乃に軽く頭を下げて、

「荒布橋まで送って参る」

と言い残してふたりで消えた。

佳乃は小倉藩小笠原家の中間であろうかと漠然と思った。

四半刻後、周五郎が戻ってきた。

「すまぬ。わが八頭司家の中間でな、それがしが物心ついた折にすでに奉公していた。父上と兼《かね》三《ぞう》とは三十年来の付き合いであろう」

と説明したが、どのような用件で会いにきたのか佳乃には告げなかった。

「なにかお屋敷に事が起こったのではないの」

「いや、ただ父が一度屋敷に顔を見せよと申されたとか」

「帰るの」

「断った」

と周五郎は明言した。

佳乃が周五郎の顔を正視した。

「それがし、家を出た折より藩邸内の御長屋に戻ることはないと心に決めていたのだ。佳乃どのは承知であろう」

「ええ。でも、これまでとは異なりお父上からのお呼び出しでしょう」

「父には申し訳なく思うがもはやそれがし藩の人間ではないのだ。そのような者が藩邸の門を潜ることができようか」

周五郎は言い切った。

佳乃は、老中間の兼三の伝言は、他にあるような気がした。だが、それ以上のことは周五郎が佳乃に話したくなるまで待つのが礼儀と考えた。

「夕餉が出来たよ」

とどこか上気した八重の言葉が台所から伝わってきた。

「新しい家で初めての夕餉に相伴致すか。御神木の御利益であろうか」

「そうかもしれないわね。明日からもこの家で仕事をして宮田屋さんにお返ししなきゃあ」

「いかにもさよう」

と言った周五郎が、

「親方の新盆がくるな。因速寺の和尚に書いてもらった法名軸《ほうみょうじく》がござったな」

「法名軸はあるけど仏壇もお線香もないわ。そのうち仏壇を購わなきゃあね。浅草寺界隈は火事に遭ってないから近々仏壇屋を訪ねてみるわ」

法名軸とは浄土真宗系の宗派で使用される、他の宗派の「位牌」にあたるもので、小さな軸に法名が書かれている。

ふたりは仕事場を片付けて真新しい居間に入った。

法名軸は茶箱の上に掛けられてあった。

佳乃はその前に座して合掌し、

（お父つぁん、照降町に鼻緒屋が真っ先に戻ってきたわよ）

と報告した。

「おっ母さん、茶箱の上に法名軸は寂しいわね。お盆までには仏壇を購いたいわね。この照降町にうちがこうして戻れたのもお父つぁんやじい様のお陰だもの」

「ああ、でも、急ぐことはないよ。なにしろ仏壇は高いからね。鈴《りん》とお線香立てがあれば当分いいよ」

と八重がいう傍らで周五郎が法名軸に手を合わせていた。

箱膳が三つあって、サンマの塩焼きと野菜の煮物に豆腐の味噌汁が並んでいた。

「なにもかも宮田屋さんからの届けもんだよ。引越してきた晩にこの家で夕餉が食べられるなんて夢のようだよ。引越し祝いにお酒もあるよ。でも燗はつけられないよ」

と言った八重に佳乃が、

「冷でいいわね。お父つぁんの法名軸の前で、お祝いをしよう」

と角樽と茶碗を四つ持ってきて、まず法名軸の前に茶碗を置き、少しばかり酒を注いだ。そして、身内三人の茶碗にも入れた。

「引越しおめでとうござる」

と周五郎が八重と佳乃に言い、茶碗酒を法名軸に掲げて、

「親方、見ておられるか。照降町に鼻緒屋が真っ先に戻って参ったぞ」

と話しかけた。

「周五郎さんの力添えがなければこんなに早く照降町で商いが出来なかったわ。ありがとう」

と礼を述べた。

「それがし、鼻緒屋の奉公人でござる」

頷いた佳乃が茶碗酒を周五郎と八重に合わせて、ゆっくりと口をつけ、

「ああ、お酒がこんなにおいしいなんて思わなかった」

としみじみと漏らした。

「佳乃どの、そなたが拵えた三枚歯下駄、梅花花魁はこの照降町で披露してくれるであろうな」

周五郎の念押しに頷いた佳乃に八重が、

「おまえが三枚歯を拵えていたのは承知だけどさ、あれは吉原の花魁の注文だろ。照降町でどうするこうするって、どういうことだい」

「おっ母さん、お盆まで黙っていようと思ったけど、話すわ。梅花花魁がこの照降町の通りで花魁道中を披露してくれるの。あの大火事で焼け死んだ人々や、お父つぁんみたいに深川に避難してあちらで身罷った人たちを供養するための花魁道中よ」

八重が未だ口をつけていない茶碗酒を手に、

「お盆に照降町で吉原の花魁が供養道中をしてくれるというのかい」

「そういうこと。梅花花魁は今月の晦日には身請けされて廓の外に出るの。そのこともあって照降町での花魁道中が許されたの」

しばらく沈黙したまま、娘の言葉を吟味していた八重が、

「お父つぁんは新盆で照降町に戻ってきてさ、花魁道中で迎えられるのかえ、ぶっ魂消るよ。そりゃ、仏壇どころの話じゃないよ」

と驚きの言葉を漏らした。

文政十二年七月十五日、六ツ（午後六時）の頃合い、日本橋川に内芸者たちがつま弾く清掻《すががき》が流れ、男衆の太鼓と金棒が間拍子として加わって響き渡った。

日本橋川の両岸にはびっしりと見物人がいた。

そんな人々の視界に華やかな雰囲気の船が三艘進んできて、真ん中の船には縁を梅鉢の紋がぐ

るりと取り囲んだ長柄傘の下に梅花花魁が座していた。

梅花花魁を囲むように禿、新造、番頭新造が乗り合わせた船の舳先には、これまた梅鉢の紋入りの箱提灯が二つ灯され、水面にその灯りが映じていた。

おおおっ

という江戸を揺るがすようなどよめきが起こり、真ん中の一艘が親仁橋の架かる堀留の入口、照降町の東側に舫われた。

清掻がいったん止んだ。

大火事で焼け落ちた親仁橋はこの宵のために綺麗に修復されていた。

船の先頭と河岸道にしっかりとした板橋が渡され、緋毛氈《ひもうせん》が橋まで敷かれていた。

花魁道中の主役梅花が長柄傘の下でゆっくりと立ち上がった。すると白無垢の打掛に前帯も白で、まるで八朔の花魁道中の衣装のようだった。

「お盆だからさ、白無垢にしたのかね」

「さすがに全盛の梅花花魁だね、なんとも清々しくて美しいよ。お盆に戻ってくる身罷った人々はさ、大喜びするよ」

などと女衆の見物人が言い合った。

金棒が、

チャリン

と鳴った。それを合図に、未だ普請の最中の照降町の通りの両側に立てられた竹棒の上の燈籠に火が灯された。

灯りが更地の残る照降町を浮かび上がらせた。

清搔がふたたび流れた。すると花魁梅花が悠然と外八文字を踏みながら緋毛氈の板橋を、親仁橋へと渡り始めた。

一段と高い歓声が沸いて、すぐに静まった。

梅花花魁の凜とした表情がシマの住人たちを静まらせたのだ。

清搔の調べに金棒と太鼓が加わり、だれが始めたか、ゆったりとした間合いの手拍子が加わり、たちまち見物人が倣った。

中村座や市村座の役者衆や花魁道中が向かう方面の魚河岸の旦那衆、若い衆もその手拍子に合わせた。

「おお、見たか。花魁の三枚歯をよ」

と若い衆のひとりが外八文字の三枚歯下駄に視線を止めた。

「おお、梅散らしが照降町を行くぜ」

「左の三枚歯はうちの御神木の梅が一輪艶やかに咲いているぜ」

「おれたちが守った御神木の梅だな」

「ご一統、鼻緒屋の佳乃さんが梅花花魁の注文に応えて、絵まで描いた三枚歯ですよ」

と若い衆に宮田屋の普請場から大番頭の松蔵が声を上げた。

「なんだって、鼻緒屋のよしっぺが絵まで描いたってか、そりゃ、本当か。なあ、花魁」

と眼前に差し掛かった白無垢姿の梅花に声をかけた。

花魁が声の主に顔を向けて、

「いかにもさようでありんす」

と応じて、

「おお、命を張ってよ、御神木の梅を守ったよしっぺが三枚歯にも照降町の梅を描いてくれたか」

「照降町の御神木はいまや江戸の蘇《よみがえ》りの証、御神木になりんした」

「梅花花魁、ありがとうよ」

と感謝の言葉に送られた梅花が宮田屋の前に差し掛かった。

すると旦那の源左衛門と大番頭の松蔵が普請中の店の軒に吊るされた燈籠の光の下で花魁道中を迎えた。手拍子をしていたふたりが梅花に深々と一礼した。

梅花が顔を上げたふたりに笑みの顔を向けた。

「花魁、感謝申しますよ」

「梅花花魁、お幸せにな」

と旦那と大番頭が声をかけた。松蔵のお幸せにという言葉を理解した梅花がかすかにうなずいた。

八重は鼻緒屋の前で花魁道中を待っていた。鼻緒屋の軒にも二つ燈籠が吊り下げられていた。

梅花は鼻緒屋の店先で足を止めて、三枚歯下駄の向きを変えて八重に会釈を送り、合掌してみせた。八重は言葉もなく頭を下げた。

傍らにいたのは読売屋「江戸噺あれこれ」の書き方の滋三だ。

「八重さんよ、おまえさんの亭主の弥兵衛さんが身罷ったことを梅花花魁は承知なんだよ」

とふたたび花魁道中に戻った梅花の背を見ながら言った。

「わたしゃ、吉原の花魁に初めて会ったんだよ。どうしてそんなこと花魁が知っているんだね」

興奮が冷めやらぬ八重が言い返した。

「その事情は佳乃さんに聞きねえな」

と言った滋三がまるで花魁道中の男衆のひとりの体で行列の最後に加わり、御神木の立つ荒布橋へと急ぎ向かった。

周五郎は荒布橋の西側に立ち、花魁道中に何事もないように見張っていた。

「どうだい、八頭司さんよ、この花魁道中、一幅の絵だね」

上気を抑えた声の主は、中村座付の狂言作者柳亭志らくだ。

「芝居の狂言作者にしてもかような見物にはそうそう立ち会わぬか」

「そうそうどころじゃねえ、初めてだよ。このほんものの興奮と緊張をどう舞台に再現できるか、頭が痛いぜ」

「志らくどの、芝居は芝居、日々お客を楽しませる見世物芸でござろう、一方照降町の花魁道中は一場かぎりの真剣勝負にござる」

「真剣勝負な、梅花花魁の真剣勝負の相手はだれだえ」

「それはもう、わが女主、鼻緒屋の佳乃どのにござろう」

「そうか、そうだよな。わっしもいささか舞い上がっているぜ」

と志らくが言ったとき、花魁道中が照降町の御神木の老梅の前に辿りつき、清搔の調べも手拍子も金棒の一段と高い、

「チャリン」

という響きに消えた。

男衆の肩に手を軽くおいた梅花が懐かし気に御神木を眺めた。

佳乃はその傍らに立って頭を下げて梅花を迎えた。

しばし無言の間がシマ界隈に流れ、ふたりの女の挙動を注視した。

「佳乃さん、あなたのお陰で遊女梅花は、最後の華を飾ることができました。お礼を申します」

その言葉を聞いた佳乃がゆっくりと顔を上げて、

「花魁、ようこそ照降町に参られました。この佳乃、梅花様と御神木の前で対面できてうれしゅうございます。礼を申すのは佳乃のほうにございます」

佳乃の言葉に頷いた梅花が新しい注連縄が張られた梅の幹に片手を添えて瞑目した。佳乃もまたひっそりと御神木の反対の幹に手を添えて両眼を瞑った。

女がふたり、御神木を挟んで大火事で身罷った人々の冥福を祈り、江戸の復興を祈願していると見物のだれもが思った。

（この次に会うときは、梅香と佳乃と呼び合いましょうな）

（はい、梅花花魁。こうお呼びするのは最後にございます）

御神木を挟んで交わす言葉は、ふたりだけの心にしか届かなかった。

長い時が流れて、梅花が顔を上げて花魁行列に戻り、清掻の調べが流れ、荒布橋に移動していた船へと一同が歩き出した。

これまで以上に手拍子が激しくなった。

「八重さんや、明日の読売が大変ですぞ。照降町を知らぬ者は江戸っ子じゃないというほどの人気になりますでな。それもこれも佳乃さんの頑張りのおかげです」

といつの間にか八重の傍らに来ていた松蔵が言った。

「大番頭さん、花魁がこの八重に会釈しなすったよ」

「おお、見ていたよ。これでな、江戸の復興が一段と勢いを増します。照降町に戻ろうかどうしようかと迷っていた住人もね、必ず戻ると気持ちをかためましたでな」

「大番頭さん、昔の照降町に戻りますかね」

「戻りますとも、見ていなされ」

と松蔵が確約した。

梅花花魁らが乗る船が華やかななかに虚脱の雰囲気を漂わして日本橋川から大川へと向かった。

「大役、無事に果たされたな、ご苦労でござった」

未だ御神木の傍らに佇んで、見送っていた佳乃に周五郎が声をかけた。

「終わったのね」

「終わったな。それにしてもわが主どのには仰天させられてばかりじゃな。それがし、梅花花魁が照降町に姿を見せるまで信じておらなんだぞ」

と周五郎がいうところに読売屋の滋三が姿を見せ、

「全盛の花魁に佳乃さんは遜色なしの対面だったぜ。御神木の場面、どう書いたらこの場を見ていない人に伝わるか、おりゃ頭が痛いぜ」

と言った。

そのとき、周五郎は、地引河岸に佇むひとりの老中間の姿を目に止めた。八頭司家の最年長の奉公人の兼三がこの界隈に姿を見せるのは二度目のことだ。まさか花魁道中を見物に来たとは思えなかった。

「ちょっと失礼致す」

と言い残した周五郎が荒布橋を渡ると、これまで万余の見物人がいた地引河岸は潮が引くように人影が消えていた。

「おい、周五郎さんよ、えれえ大芝居を梅花花魁とよしっぺが見せてくれたな」

と声をかけてきたのは船頭の幸次郎だ。

「幸次郎どのはどこで見ておった」

と視線は老中間に向けながら尋ねた。

「おれかえ、船乗込みの一艘によ、おれの仲間が船頭で乗っていたんだよ。だから、おりゃ、そいつに頼んでそこに乗ってな、花魁道中も御神木対面の図も見せてもらったぜ」

「それはようござった」

と応じたところに老中間が歩み寄ってきて、

「周五郎様」

と名を呼んだ。

うむ、と振り返った周五郎が、

「どうした、兼三、過日の一件は断ったではないか。それとも花魁道中の見物か」

「いえ、それが」

と幸次郎のことを気にした。

「幸次郎どのはそれがしの信頼する船頭どのでな」

との周五郎と兼三の問答を聞いていた幸次郎は、

「おりゃ、よしっぺに会ってくるぜ」

とその場を離れようと背を向けた。だがそのとき、

「周五郎様、兄上の裕太郎様が身罷られました」

と言う言葉が背に響いて足を止めた。

周五郎が、

「なんと申した。身罷ったとはどういうことか」

と声を落として兼三に質した。

「改革派の面々に」

（なんということが）

と思いながら、

「身罷ったのは確かか」

「はい」

「父上から言付けがあるか」

「ともかく屋敷に一度お戻りくださいとのお言葉です」

しばし沈思した周五郎が、

「幸次郎どの、われらの問答を聞かれたな」

「すまねえ、ことがことだ、足が動かなくなった」

「ならば、この話、しばらく佳乃どのには内緒にしてくれぬか。それがし、屋敷に向かうが必ず照降町に戻ってくるとだけ伝えてほしい」

「分ったぜ。周五郎さんの言葉は必ず守る」

と幸次郎が断言した。

文政十二年七月十五日の宵のことだった。

佐伯泰英（さえき・やすひで）

一九四二年、北九州市生まれ。日本大学芸術学部卒。デビュー作『闘牛』をはじめ、滞在経験を活かしてスペインをテーマにした作品を発表。九九年、時代小説に転向。「密命」シリーズを皮切りに次々と作品を発表して高い評価を受け、〈文庫書き下ろし時代小説〉という新たなジャンルを確立する。

おもな著書に「居眠り磐音」「酔いどれ小籐次」「吉原裏同心」「夏目影二郎始末旅」「鎌倉河岸捕物控」「交代寄合伊那衆異聞」「古着屋総兵衛影始末」「空也十番勝負　青春篇」各シリーズなど多数。

二〇一八年、菊池寛賞受賞。

梅花下駄《ばいかげた》　照降町四季《てりふりちょうのしき》（三）

二〇二一年六月十日　第一刷発行

著者　佐伯泰英《さえきやすひで》
発行者　大川繁樹
発行所　株式会社　文藝春秋
〒一〇二―八〇〇八
東京都千代田区紀尾井町三―二三
電話　〇三―三二六五―一二一一
印刷所　凸版印刷
製本所　加藤製本

ISBN978-4-16-391381-0